AF398899

Hoop, Edward:
Außenseiter - Geschichten aus einem Leben
Rendsburg: Verlag der Buchhandlung Reichel, 2001

© 2001 Edward Hoop
Alle Rechte vorbehalten

Satz und Layout: buchgestaltung.de
Herstellung: Books on Demand GmbH

ISBN 3-935441-14-2

Edward Hoop

Außenseiter

- Geschichten aus einem Leben -

Verlag der Buchhandlung Reichel

Inhalt

Drei Geschichten vom kleinen Sigi 9
  Kasper, der Superheld 9
  Vogelschießen 16
  Der liebe Gott und die Fortpflanzung 24

Ein Mitschüler namens Roth 30
Die Schrumpfung einer Lehrkraft 41
Dreikampf-Parabel 71

Kinder...............................75
  Ein anderer 75
  Ein hohes Maß an Verantwortungsgefühl 76
  Des Lehrers Bein 78

Männer...............................80
  Er gehört dazu! 80
  Der Fisch 83
  Nur ein Surrogat! 85

Frauen! 89
  Am Ende der Mole...............................89
  Himbeersirup 90
  Das Wetter hält sich nicht...............................92

Todesfälle...............................95
  Der Sieger...............................95
  Das Gesicht 96
  Ziemecks später Heldentod 98

Mein Fernsehspiel...............................100

Drei Geschichten vom kleinen Sigi

Kasper, der Superheld   Sigi, der kleine Sigi, wollte der Kasper in seinem Theater sein, und er war es, aber er war es nur dort. Er besaß eine Kasperbude aus Leinwand, in der er unterhalb der Bühne hockte, unsichtbar für die Zuschauer. Dort verkroch er sich und war Kasper, der Kasper, den er über die rechte Hand gestülpt hatte und mit hochgestrecktem Arm an der Bühnenbrüstung agieren ließ. Und er verstand es, seine Stimme so zu verstellen, dass fast nichts mehr von ihm blieb.

Kasper sprach Plattdeutsch, als einziger unter seinen Mitspielern. Das klang besonders drastisch und breit im Vergleich zum Hochdeutschen. Sigi selber mied das Plattdeutsche, weil es die Sprache der einfachen Leute war, mit denen er sich nicht gemein machen wollte. Aber zu Kasper passte es, denn er setzte sich dadurch ab von allen anderen. Er bekundete ihnen seine Verachtung, wenn er mit ihnen Plattdeutsch sprach.

Sigi war Kasper, und Kasper war voller Energie, ohne jede Furcht, ein ewiger Sieger, breit und stereotyp grinsend, mit Schellen an der Jacke und einer bunten Zipfelmütze, Überbleibsel des Hanswurst aus dem alten Volkstheater, schlau, ordinär und verfressen. Er war nicht das harmlose Kasperle mit seinen lustigen Streichen, wie es heute im Puppentheater auftritt. Der Kasper in Sigis Theater war genau betrachtet ein Unhold, der allen Menschen Gewalt antat und niemanden liebte, abgesehen von seinen Zuschauern, um deren Gunst er ständig buhlte. Und das gelang ihm vor allem, weil er prügelte und tötete, jeden, der ihm in den Weg trat, selbst Teufel und Tod.

Sigis Kasper machte keine Scherze, er war nicht fröhlich, auch wenn seinem Holzkopf das Grinsen eingeschnitzt war. Er zeigte sein Siegerlächeln, wenn er seine Frau prügelte, die Großmutter, den Polizisten, er zeigte sein Siegerlächeln, wenn er Tod und Teufel erschlagen hatte. Alle waren ihm ausgesetzt, alle bezogen Prügel und blieben auf der Strecke. Nur sein Publikum, das machte er sich von vornherein zum Verbündeten.

„Seid ihr alle da? -Dann ruft mal alle Hurra!"

Das Publikum stand auf seiner Seite, unterstützte ihn engagiert, begleitete die ausgeteilten Hiebe mit Jubel, zählte mit ihm die Leichen der Erschlagenen, die über der Brüstung hingen. Das Publikum wäre für harmlose Scherze gar nicht zugänglich gewesen. Kinder sind grausam, lieben Gewalt und Quälereien, wenn sie anderen zugefügt werden, wollen keine Schonung für die Schwachen, keine Fairness, sind nur durch strenge Verhaltensregeln im Zaum zu halten, durch Strafandrohungen und nackten Zwang. Sigi war im Grunde seiner Seele nicht anders, doch nach außen zaghaft und scheu.

Kasper lässt den Teufel tanzen. Perlicke! Er muss heraus aus seiner Hölle, hinein in den magischen Kreis. Perlacke! Er muss verschwinden. Perlicke-perlacke, perlicke-perlacke! Auf, nieder, raus aus der Hölle, rein in die Hölle. Ein armer Teufel fürwahr. Aber Kasper kennt keine Gnade. Zusätzlich bezieht der Teufel jedes Mal Prügel, wenn er auftaucht. Zuerst mit einem Stock, dann mit einem Knüppel, dann mit einer Keule, und von Mal zu Mal ist es eine größere Keule, Kasper besitzt ein ganzes Arsenal. Die Zuschauer jubeln.

„Is dat nu genuch, Kinners?"

„Nein! Hau ihn! Hau ihn!"

Sigi unten in seiner Bude treibt es weiter, bis seine rechte Hand mit dem übergestülpten Kasper seiner linken Hand mit dem Teufel einen allzu harten Keulenschlag versetzt. Sigi schreit auf vor Schmerz, und es ist wie der Schmerzensschrei des Teufels. Sigi zieht seine Hand zurück, presst sie gegen den Mund. Die Puppe hängt schlaff über der Brüstung. Das Spiel ist zu Ende. Vorhang zu. Beifall für Kasper.

Kasper lässt den Teufel tanzen. Immer wieder. Sigi lässt den Teufel tanzen, den Teufel auf seiner linken Hand... Den Teufel jedoch in seinem wirklichen Leben, seinen ewigen Quälgeist, konnte er nicht überwinden. Dieser Teufel ließ Sigi tanzen, peitschte seine Beine mit Weidenruten, dass er schreiend hin und her sprang, warf ihn zu Boden, trat ihn mit Füßen und demütigte ihn auf jede nur erdenkliche Art. Sigis Teufel hieß Henry. Sigi floh vor ihm, versuchte, seinen Weg nicht zu kreuzen. Aber Henry fand ihn und ließ ihn tanzen. Und Henry war erfindungsreich, was Quälereien anbetraf, und er brauchte Sigi wie Kasper den Teufel, wie der Jäger das Wild, und dass er Sigis Quälgeist war, galt ihm sozusagen als Teil der Weltordnung.

Für seine Altersgenossen war Sigi ein Schwächling. Er brachte es nicht über sich, mit Schlägen zu reagieren, wenn er angegriffen und gedemütigt wurde. Dabei hätten seine Körperkräfte ausgereicht, zumindest, um das Gesicht zu wahren. Aber Sigi verbarg sein Gesicht, zog sich in seine Kammer zurück, las Karl May, war eins mit Kara Ben Nemsi und Old Shatterhand, spann in der Phantasie ihre Abenteuer weiter. Er hockte dabei an seinem Schreibtisch, spielte ihre Taten nicht etwa unter freiem Himmel nach, womöglich gar mit anderen Kindern.

Allein hockte er in seiner Kammer, allein thronte er jeden Sonntagnachmittag im Dunkel des Kinosaals. Anfangs hatte seine Großmutter ihn hingebracht, und sie war es auch, die beim erstenmal einen Logenplatz für ihn gelöst hatte. Das bedeutete, einen Extraaufgang benutzen zu dürfen und von einer Art Empore aus, in der ersten Reihe sitzend, ganz für sich, aller Gewöhnlichkeit enthoben zu sein. Das einfache Volk saß „unten". Wer oben saß, konnte es sich vom Leibe halten. Das einfache Volk, wenn es in Gestalt von Erwachsenen auftrat, schien Sigi noch ganz erträglich. Schier unerträglich aber waren die Kinder. Sie lärmten, tobten, prügelten sich, spuckten ins Dunkle, ganz gleich, wen es traf... Nein, Sigi entzog sich alledem. Als er einmal „Loge gesessen" hatte, ganz allein und für niemanden erreichbar, verlangte ihn jeden Sonntag danach, und seine Großmutter gab ihm das nötige Geld. Aber er saß nicht nur „Loge", sondern ganz speziell auf einem bestimmten Armlehnenstuhl, der auf einem bestimmten Platz in einer der abgeteilten Logen zu stehen hatte. Und stand er dort nicht, dann suchte Sigi ihn in den leeren Logen und trug ihn an den angestammten Platz. Erst dann sah er die gehörige Ordnung hergestellt. An der rechten Armlehne hatte sich eine Biese einige Zentimeter gelöst, daran erkannte Sigi seinen Stuhl.

Während der Film lief, fühlte er sich als Person in wohltuender Weise ausgelöscht, noch mehr als bei der Karl-May-Lektüre. Es war

dunkel, er war allein, nur „unten" in der Tiefe rumorte und zischelte
es. Er sah wahllos jeden Film, der zwar in der Zeitung stets für 14 Uhr
als „Große Kindervorstellung" angekündigt war, aber auch abends lief.
Sigi sah den „Rebell" mit Luis Trenker, den „Choral von Leuthen" mit
Otto Gebühr, er sah „FP 1 antwortet nicht" mit Hans Albers, „Das
Piratenschiff" mit Harry Piel. Er begeisterte sich für Gitta Alpar und
Jan Kiepura, die ihm einmal in einem Operettenfilm als besonders
abgehobenes Paar imponiert hatten.

Vergebens jedoch bemühte er sich, die Handlung der Filme
oder der Karl-May-Bücher in sein eigenes Theaterspiel einzubauen.
Gelegentlich floss einmal etwas ein, aber zu seinem Kummer merkte
er stets, wie unzulänglich es blieb. Seine Zuschauer allerdings, zumeist
jünger als er, hatten ohnehin für subtile Zusammenhänge keinen Sinn.
Für sie waren Prügel das einleuchtendste Argument. Sigi bot ihnen,
was sie erwarteten.

Um die Illusion zu steigern, aber auch um sich nicht mit dem Publikum
gemein zu machen, zeigte er sich zumeist vor der Vorstellung nicht, hockte
schweigend unten in seiner Bude und nahm auch danach keinen Beifall
entgegen. Als Individuum war er sozusagen nicht vorhanden, wenn er
spielte. Er übertrug sein Ich auf die Puppen, die er über seine Hände
gestülpt hatte. Zwar hegte er Mitleid für die von Kasper malträtierten
Personen, aber es war ein hochmütiges Mitleid. Hingebungsvoll jedoch
identifizierte er sich mit i h m, mit Kasper, dem Superhelden, der jeden
überwand, der in seinen Dunstkreis trat, ob es nun Henker, Polizist
oder Teufel war.

Der Henker spielte neuerdings eine wichtige Rolle, denn
Sigi hatte zum Geburtstag, heiß begehrt, einen kleinen Galgen
bekommen, wie er ihn in der Kasperbude auf dem Jahrmarkt gesehen
hatte. An einer Schnur mit Schlinge ließen sich die Puppen trefflich
hochziehen. Innen an der Brüstung seiner Bühne befestigte Sigi eine
Halterung, in die er den Galgen hineinstecken konnte.

Für die Premiere hatte er sich eine wirkungsvolle Handlung ausgedacht:

Kasper ist zum Tode verurteilt worden, weil er auf dem Markt eine

Wurst gestohlen hat. Der Polizist führt ihn an den Galgen. Dort erklärt der Henker ihm den Mechanismus. Kasper stellt sich dumm, der Henker macht ihm vor, wie man den Kopf durch die Schlinge steckt, und ehe er sich's versieht, zieht Kasper ihn hoch. Der Polizist begreift nicht gleich, wer nun dort oben hängt. Kasper nimmt einen Knüppel und schlägt ihn tot. Schluss der Vorstellung. Die Zuschauer sind begeistert.

Unter Sigis Puppen waren auch König und Prinzessin, Geschenke, die er sich nie gewünscht hätte. Mit fremdem Blick sah er sie an. König und Prinzessin passten nicht in Kaspers Welt. Kasper beugt sich vor niemandem, auch nicht vor einem König. So bezog dieser seine Prügel wie jeder andere, und der Prinzessin erging es gar noch ärger, vor allem, wenn Sigi von Gunhild geärgert worden war.

Gunhild war etwas älter als er, und er mochte sie, obwohl sie bisweilen zickig und gemein war. Vor allem Sigi bekam es zu spüren, der ja als Schwächling galt, obwohl er doch in Wahrheit ein verkappter Held war.

Gunhild wohnte nur einige Häuser weiter, aber noch nie hatte sie zugeschaut, wenn Sigi Theater spielte. Ihr Vater hatte es ihr verboten, weil er von Sigis martialischen Darbietungen wusste.

„Aber ich habe doch auch eine Prinzessin", beruhigte Sigi sie, „und einen König. Ganz wie im Märchen."

Sie schüttelte den Kopf. „Aber ein König kriegt keine Schläge. Und eine Prinzessin schon mal gar nicht."

„Wenn ich für dich spiele, passiert ihr auf Garantie nichts. Wie möchtest du es denn haben? Vielleicht könnte Kasper die Prinzessin vor einem Drachen retten. Mein Krokodil ist der Drachen. Man kann das Maul aufklappen und eine Puppe hineinziehen."

Gunhild überlegte. „Das könnte einem von den Bewerbern um die Hand der Prinzessin passieren. Das ist meistens so. Dann kommt Kasper, erschlägt den Drachen, heiratet die Prinzessin und erbt das Königreich."

„Da muss er aber erst den König totschlagen."

„Der stirbt vor Freude, als seine Tochter Kasper heiratet."

„Kasper hat aber schon eine Frau."

„Sie sind geschieden, weil er sie immer geschlagen hat."

„Gute Idee. Also, ich verspreche: Keiner wird totgeschlagen, nur der Drache. Und der ja auch nicht wirklich, weil es eigentlich das Krokodil ist. Und Kasper könnte sogar den anderen Bewerber wieder aus dem Maul herausziehen, weil er dem Krokodil im Halse steckengeblieben ist. Und am Ende sind alle glücklich."

Gunhild sah ihn zweifelnd an, aber er war ernsthaft bereit, für sie sein ganzes Theaterspiel umzukrempeln.

Henry fand das gar nicht gut. Er hatte Sigi mal wieder ohne jeden Anlass zu Boden geworfen, saß auf seiner Brust und nahm ihm fast den Atem.

„Könige gehören aufgehängt", sagte er streng, „besonders wenn sie solche dämlichen Bedingungen stellen. Und Prinzessinnen sind gut als Drachenfutter. Gib's zu!" Und er gab Sigi einen Hieb seitwärts in die Rippen.

Sigi stöhnte auf. „Ich geb's zu. Und nun lass mich los!"

„Erst wenn du es so spielen willst."

„Ja, sie sollen verrecken. Galgen oder Krokodil, ganz egal."

Henry versetzte ihm noch einen Hieb, gezielt dorthin, wo empfindliche Organe saßen. „Damit du es nicht vergisst. Gleich heute Nachmittag spielst du es. König und Prinzessin müssen dran glauben. Sonst erlebst du was."

Also dachte Sigi sich ein Stück aus, in dem es König und Prinzessin besonders übel erging. Und dabei stellte er fest, dass es eigentlich ganz gut in sein Theater passte. Auf diese Weise ließen König und Prinzessin sich auch als Hauptpersonen einsetzen und verkümmerten nicht ganz unten in dem großen Pappkarton, der sie alle aufnahm.

So hatte Sigi keineswegs das Gefühl, sich Henrys Willkür zu beugen, als er sich am Nachmittag in seiner Bude auf dem Schemel niederhockte, bevor die ersten Zuschauer kamen. Als Henry „Anfangen! Anfangen!" rief und die anderen Kinder im Rhythmus dazu klatschten, gab er ein Klingelzeichen und öffnete den Vorhang.

Der König trat auf. Das war durchaus neu, denn normalerweise begrüßte Kasper das Publikum. Der König verkündete, dass er seine

Tochter demjenigen zur Frau geben wolle, der sein Leben für sie aufs Spiel setze und mit dem Drachen kämpfe.

Kasper streckte den Kopf seitwärts hinter dem Vorhang heraus: „Sall ik mi bewarben, Kinners? Sall ik?" Zustimmendes Geschrei, aber Kasper zog den Kopf wieder zurück. Er meldete sich noch mehrere Male mit derselben Frage, jedes Mal vom Publikum stürmisch begrüßt.

Inzwischen prüfte die Prinzessin den ersten Bewerber, eine Art Landsknecht. Sie stellte ihm einige hochnäsige Fragen, um seine Intelligenz zu testen, aber es waren Fragen, auf die sie selber nicht die richtige Antwort wusste. Dann hatte der Bewerber die Mutprobe zu bestehen. Das Krokodil schob sich heran, und es kam, wie es kommen musste: Nach kurzem Kampf geriet der Landsknecht zwischen die Zähne des Krokodils. Es musste lange kauen und würgte ihn offenkundig mit einigem Ekel herunter. Sigi hatte durchaus Sinn für komische Effekte.

Das Spiel wiederholte sich mit dem zweiten Bewerber, einem dicken Koch, der dem Krokodil besser schmeckte. Dann trat Kasper vor den König, sagte ihm in rüden Worten seine Meinung über das Verfahren, zeigte ihm sein Hinterteil - Sigis Handrücken -, stellte durch ein paar Fragen die Dummheit der Prinzessin unter Beweis und furzte ihr ins Gesicht.

Für solche Frechheiten musste er büßen, und der König ließ den Galgen aufstellen. Die Zuschauer freuten sich, denn nun glitt die Handlung in die gewohnten Bahnen. Der Henker griff sich Kasper, dieser schlug ihn tot, packte den König an seinem Hermelinkragen und hängte ihn unter unflätigen Beschimpfungen an den Galgen. Die jammernde Prinzessin warf er dem Krokodil vor. Diesem war sie so widerwärtig, dass sie ihm im Halse stecken blieb. Ein Bein hing noch aus dem Maul. Kasper zog und zerrte daran, aber unversehens riss es ab und er hielt es in der Hand. Die Kinder schrien vor Entzücken.

Plötzlich aber geriet Sigis Bude ins Schwanken. Jemand warf sich von außen dagegen und streckte den Kopf über die Brüstung.

Gunhild! „Du gemeines Schwein!" schrie sie und versuchte, die Bude umzuwerfen. Mit Henrys Hilfe gelang es. Die anderen Kinder wurden von soviel Gewalttat angesteckt, stürzten sich auf den zusammengesunkenen Haufen aus bunter Leinwand, rissen alles auseinander und trampelten darauf herum. Mitten dazwischen duckte Sigi sich auf seinem Schemel, fassungslos gegenüber einem solchen Bruch der Regeln. Da er absolut nichts zur Verteidigung seines Theaters unternahm, ließen die Kinder schnell wieder von ihrem Zerstörungswerk ab und verzogen sich. Gunhild aber, durch Henry bestärkt, gab Sigi noch einen Schlag ins Genick.

Er hätte ihr erklären müssen, dass er sie nicht unter den Zuschauern vermutet habe, er hätte Henrys perfiden Plan offen legen müssen! Aber wer wäre dazu schon fähig gewesen in solcher Lage: jenseits aller Ordnung und jeden Rechts, auf den Trümmern seines wahren Ichs, den Kasper schlaff in der Hand.

Vogelschießen   Sigi, der kleine Sigi, entwickelte große Energien, wenn es darum ging, sich einer Veranstaltung zu entziehen, die alle und damit auch ihn einschloss. Das Vogelschießen sollte für jedes Kind ein Fest sein, aber für Sigi war es das nicht. Also setzte er sich zur Wehr.

Es ist roh, aus purer Lust auf einen Vogel zu schießen. Böse Knaben tun es, mit einem Katapult oder gar mit einem Luftgewehr. Sie erproben ihre Treffsicherheit und messen sich gern im Wettkampf miteinander.

Das Schießen auf einen hölzernen Vogel, hoch oben auf einer Stange, ist ein unblutiger Ersatz dafür, noch heute von Schützengilden geübt. In einzelne Stücke geschossen, fällt der Vogel herunter, zuerst sind es zumeist die Flügel, zuletzt fällt der Rumpf. Wer das Haupt- und Schlussstück herunterschießt, ist Schützenkönig.

Das Vogelschießen der Kinder hat damit nur den Namen gemein. Hier gibt es Wettkämpfe anderer Art, dazu einen Umzug und nachmittags Tanz im Krug. Die Kleinen haben ihre Freude daran, aber das gilt nicht für alle, für Sigi zum Beispiel schon mal ganz und gar nicht.

Der Umzug bereits, mit dem alles begann! In Festtagskleidung hatte man in Reih und Glied durch die Straßen zu marschieren. Die Jungen trugen Fähnchen geschultert, die Mädchen hielten jeweils zu zweit einen Blumenbogen. Sigi spürte, dass es eigentlich mehr um das Vergnügen der Eltern ging als um das der Kinder. Es genierte ihn, wenn er sich vorstellte, es könnten Verwandte und Bekannte am Straßenrand auf ihn zeigen und ihm zuwinken. Und deshalb gab es für ihn nur eins, als er im ersten Schuljahr dieses Fest zum erstenmal über sich ergehen lassen musste: nicht mitmachen, außenvor bleiben, sich widersetzen.

Sigi war sonst ein gehorsamer Schüler, tat, was seine Lehrer von ihm erwarteten, war aufmerksam, fleißig, und intelligent. Es war für ihn bitter, sich verweigern zu müssen. Der Umzug durch die Straßen, möglicherweise gar mit einer geschulterten Fahne, machte dies aber unumgänglich. Die Klasse sollte in weißen Matrosenblusen marschieren, und Kinder aus ärmeren Familien hatten Mühe, sich ein solches Kleidungsstück zu besorgen, obwohl damals, Anfang der dreißiger Jahre, Matrosenanzüge die bevorzugte Knabenkleidung waren. Sigi besaß mehrere Blusen, darunter auch eine weiße mit breitem blauem Kragen. Und da eine weiße Matrosenbluse etwas ganz Besonderes war, fiel ihm eine entsprechende Ausrede ein: Er dürfe die weiße Bluse für diesen Anlass nicht anziehen, behauptete er, seine Mutter gestatte es ihm nicht. Dies war höchst unglaubhaft und somit als Ausrede abwegig. Seine Lehrerin, ein Fräulein Schroedter, um die 30 und recht hübsch, sah ihn verwundert an, merkte natürlich, dass es sich um eine Ausflucht handelte, sogar um eine recht klägliche, und erklärte, sie werde persönlich von Sigis Mutter die Erlaubnis erbitten.

Sigi erkannte schnell, dass er sich etwas anderes ausdenken müsse. Und so lag er seiner Mutter so lange in den Ohren, gar mit Anflügen von Hysterie, bis diese sich an Fräulein Schroedter wandte und um

Sigis Befreiung vom Umzug bat. Sigi hatte ärztlich bescheinigten Senkfuß, trug Einlagen, hatte dadurch zwar keine wesentlichen Beschwerden, stellte diese körperliche Beeinträchtigung aber stets ins rechte Licht, da sie vielfältig einzusetzen war. Zum Beispiel erzwang er damit die Benutzung des Stadtbusses, wenn seine Mutter mit ihm zum Einkaufen in die Innenstadt wollte. Fräulein Schroedter kam mit einigen Gegenargumenten, aber schließlich konnte sie nicht beurteilen, wie schwerwiegend Sigis Behinderung war. Da er sonst ein guter und braver Schüler war, wollte sie nichts von ihm erzwingen, zumal es sich ja auch um ein Fest handelte, das jedem Freude bereiten sollte und nicht mit Quälereien verbunden sein durfte.

Somit konnte Sigi sich in den innersten Winkel der elterlichen Wohnung zurückziehen, während der Umzug durch die Straßen zog. Fräulein Schroedter ging neben ihrer Klasse her, und es gefiel ihr nicht besonders, von Leuten am Straßenrand angeschaut zu werden. Und wenn Bekannte ihr zuwinkten, empfand sie das eher als peinlich, denn als erfreulich. Sie musste an Sigi denken. Aber hatte ein Kind wie ein Erwachsener zu empfinden? Sigi war ein Kind und hatte somit an kindlichen Unternehmungen Spaß zu haben. Dieser Umzug mit Fahnen und Blumenbögen wurde zur Ehre der Kinder unternommen, sie wurden für einen ganzen Tag in den Mittelpunkt gestellt, es war eine Hommage an sie, um es anspruchsvoll auszudrücken. Jedes normale Kind empfand es so, und Sigi musste lernen, sich einzufügen. Hier bestanden bei ihm offensichtlich Defizite.

Während Sigi in seinem Versteck hockte und auf den Trommler- und Pfeiferzug lauschte, der den Umzug begleitete, wurde ihm schmerzlich klar, dass er außerhalb der gewohnten Ordnung stand und in eine Schieflage geraten war. Aber er wusste, dass es anders nicht ging, auch wenn er dabei Schaden nahm. Der Vogel auf der Stange, schutzlos den Flintenkugeln ausgesetzt, verlor sozusagen seinen ersten Flügel.

Auf den Umzug folgten die Spiele. Fräulein Schroedter hatte sich fürs Ringreiten entschieden. Die Kinder mussten auf Steckenpferden anreiten, einen kurzen Stab in der Hand. An einem kleinen Galgen hing ein lose befestigter Ring, der mit dem Stab im Traben zu treffen und aufzuspießen war. Einige Kinder besaßen ein Steckenpferd, andere behalfen sich und befestigten eine Pferdekopfschablone an einem Stock. Sigi hatte nie ein Steckenpferd besessen und erklärte sich auch für außerstande, eine Pferdekopfschablone herzustellen. Im Grunde war es ihm schon jetzt klar, dass eine Beteiligung an diesem kindlichen Spiel ebenfalls für ihn nicht in Frage kam.

Der Senkfuß schien auch hier als Mittel geeignet, sich einer Situation zu entziehen, die ihn genierte. Niemand sollte sich über einen Sigi amüsieren, der mit Stock und Pferdekopf einhertrabte. Gewohnt, im Unterricht Leistung zu zeigen, fürchtete er außerdem, beim Ringstechen erfolglos zu bleiben. Ihn schreckten die Eltern, die sich, Spalier stehend, am Spiel ihrer Kinder erfreuten, sich aber über Sigi lustig machen würden, wenn er den Ring nicht traf.

Der Senkfuß erwies sich diesmal als untaugliches Mittel. Die zu durchmessende Laufstrecke war vielleicht zehn Meter lang, und Fräulein Schroedter entschied, dass auch bei einem Senkfuß diese Distanz zumutbar sei. Also sann Sigi auf eine andere Ausflucht und führte erstmalig ein körperliches Gebrechen ins Feld, das erst kürzlich festgestellt worden war. Er war kurzsichtig und sollte demnächst eine Brille erhalten. Bis dahin, erklärte er, sei er außerstande, den Ring zu treffen, ja, könne ihn nicht einmal deutlich erkennen, wenn er ihn unmittelbar vor Augen habe. Fräulein Schroedter musste einräumen, innerlich widerstrebend allerdings, dass ein solches Handicap die Chancengleichheit ausschloss und dass Sigi unter solchen Bedingungen nicht als Wettkämpfer aufgestellt werden konnte.

Also stand er während des Ringstechens neben der Anlaufbahn und musste gutgemeinte Fragen von fremden Eltern beantworten, warum er denn nicht mitmache, ob er schon drangewesen sei oder noch drankomme und ob er König werden wolle. Letzteres allerdings wäre nun für Sigi das Allerletzte gewesen. Wer nämlich König wurde, hatte mit einem Mädchen, das auf dem Vogelschießen der benachbarten Schule Königin geworden war, zu tanzen. Und zwar einen Ehrentanz, das hieß, allein unter den Blicken aller Eltern, Lehrer und Kinder. Dies wäre nun allerdings für Sigis Empfinden ganz und gar unerträglich gewesen, eine Zumutung unerhörter Art, tiefste Demütigung und unauslöschliche Schande. Selbst wenn er das Ringstechen mitgemacht hätte und selbst wenn er es mit Geschick, bei unbeeinträchtigter Seh- und Laufkraft hätte schaffen können, König zu werden, hätte er dies durch absichtliche Fehler zu vermeiden gewusst.

Fräulein Schroedter vermerkte die gestochenen Ringe für jedes Kind auf einer Liste. Sigi hätte diese Aufgabe brennend gern übernommen, es wäre eine Möglichkeit gewesen, sich in das Geschehen einzuordnen, und das sozusagen auf höherer Ebene. Aber Fräulein Schroedter ging auf sein Angebot nicht ein, würdigte ihn dabei nicht einmal eines Blickes. Auch sie, die ihm viel bedeutete, verstand ihn nicht. Sie zumindest hätte wissen müssen, warum er sich am Ringstechen nicht beteiligte. Sie hätte wissen müssen, dass weder der Senkfuß noch die Kurzsichtigkeit der Grund dafür war. Aber Fräulein Schroedter war verärgert und enttäuscht über Sigi, weil er sich ausschloss, und ließ ihn das merken. Sigi litt. Der Vogel auf der Stange, schutzlos den Flintenkugeln ausgesetzt, verlor sozusagen seinen zweiten Flügel.

Schlimmer als alles andere war für Sigi aber der nachmittägliche Tanz. „Nein, da gehe ich nicht hin!" sagte er kategorisch und berief sich dabei weder auf Senkfuß noch auf Kurzsichtigkeit. Er erwartete einfach, dass jedermann und vor allem Fräulein Schroedter einsah, dass ihm eine solche Schaustellung nun wirklich nicht zuzumuten war. Fräulein Schroedter jedoch sah dies keineswegs ein und besann sich auf ihre pädagogische Aufgabe. Das hieß in diesem Falle, dass sie einen störrischen Jungen zur Raison bringen musste, einen Jungen, der sich ausschloss, sich abseits von seinen Kameraden hielt, sich wohl einbildete, etwas Besseres zu sein, und auf seine Kameraden herabsah. Zwar mochte sie Sigi im Grunde, schätzte seine Intelligenz und sein braves Verhalten im täglichen Unterricht, aber gerade deshalb musste er lernen, über seinen Schatten zu springen.

Sie suchte in der Mittagspause Sigis Mutter auf, war sich mit ihr einig, dass Sigi ein Einzelgänger sei und dass etwas dagegen unternommen werden müsse. So eröffnete Sigis Mutter ihrem Sohn beim Mittagessen, dass sie am Nachmittag mit ihm in den Krug zum Tanz gehen wolle. Sigi verschlug es die Sprache. Fräulein Schroedters Intervention wurde nicht verschwiegen, und Sigi sah Verrat auf allen Seiten.

Alles Quengeln, Weinen, Heulen fruchtete nichts, auch nicht, dass er sich auf den Boden warf, um sich schlug und - mit einiger Vorsicht - gegen die Stuhlbeine trat. Er erlangte lediglich die Zusicherung, dass seine Mutter für sie beide einen Platz in der hintersten Ecke des Saales suchen werde, weit entfernt von der Tanzfläche, und dass sie so früh wie möglich wieder gehen wollten.

Fräulein Schroedter jedoch empfing Mutter und Sohn besonders aufmerksam und placierte sie ganz vorn in ihrer unmittelbaren Nähe, auf einen Ehrenplatz sozusagen. „Mir ist schlecht", sagte Sigi. „Ich muss nach draußen."

Zunächst ließ man ihn in Ruhe. Fräulein Schroedter allerdings nickte ihm des öfteren aufmunternd zu. 'Ist es nicht schön', sollte das besagen. 'Alle sind froh und amüsieren sich, du gehörst dazu, wir feiern zusammen ein Fest!' Aber Sigi verschmähte die freudigen Blicke seiner Lehrerin, er verschmähte die Himbeerbrause ebenso wie den Streuselkuchen. „Mir ist schlecht", sagte er, aber niemand glaubte ihm.

Er setzte sich so, dass er sich hinter den breiten Brüsten seiner Mutter verkriechen konnte, das Kinn in Tischhöhe, und er fühlte sich etwa wie ein Soldat im Schützengraben vor dem tödlichen Einsatz. Denn dass etwas auf ihn zukam, spürte er an den Aktivitäten Fräulein Schroedters und an den verstohlenen Blicken, mit denen sie ihn und seine Mutter immer wieder bedachte.

Was sich auf der Tanzfläche abspielte, entzückte vor allem die Mütter: Hundert und mehr Kinder, hübsch gekleidet, drehten sich im Takt der Musik. Sigi jedoch wagte kaum hinzusehen, auf diese Orgie an Peinlichkeit. Zu den Tänzen, die eine engen körperlichen Kontakt mit Mädchen einschlossen, Polka oder Marsch, kamen Einlagen, bei denen sich je eine Knaben- und eine Mädchenreihe gegenüberstanden. Dazu sangen alle unter Händeklatschen, Fußtrampeln und mit erhobenem Zeigefinger:

'Ja, mit den Händen geht es klapp, klapp, klapp,
Und mit den Füßen geht es trapp, trapp, trapp.
Ich traue dir, du trauest mir,

dreh dich um und tanz mit mir!'

Dann warfen Jungen und Mädchen sich aneinander, und alles ging in einen minutenlangen wilden Tanz über.

Ständig kehrte auch ein anderes Tanzritual wieder. Einzelne Paare standen sich jetzt gegenüber und sangen mit entsprechenden Gesten:

'Gaa vun mi, gaa vun mi, ik mach di nich sehn.

Kumm to mi, kumm to mi, ik bün so alleen.'

Während Sigi auf seinem Stuhl hockte und sich am liebsten unter den Tisch hätte sinken lassen, hämmerte ihm der Text durchs Hirn. 'Geh von mir, geh von mir, ich mag dich nicht sehn.' Ja, das galt für alle, die ihn umgaben, zumindest zeitweise. Die zweite Zeile hatte etwas Anrührendes: 'Komm zu mir, komm zu mir, ich bin so allein.' Dabei stand sie doch eigentlich im Widerspruch zu der anderen Zeile. Dass Menschen in solchen Widersprüchen leben, dass Abstoßung und Anziehung Elemente unseres Lebens sind, dass sie aufeinander folgen, aber auch gleichzeitig gegeben sind, konnte er nur ahnen. Aber dass jemand allein war und sich nach Liebe und Hilfe sehnte, empfand er gerade in seiner gegenwärtigen Lage ganz stark.

Das Unheil nahte sich ihm in Gestalt von Marlene. Marlene war wohl zwei Jahre älter als er, kräftig von Gestalt, mit glatten weißblonden Haaren und einem Gesicht, das an ein Fohlen erinnerte, nicht nur wegen des Gebisses. Sie wurde 'Schimmel' genannt, sah darin aber nichts Abträgliches. Fräulein Schroedter hatte sie mit Bedacht ausgewählt und ihr von Sigis besonderer Wesensart erzählt. Marlene verstand, worauf es ankam. Kraftvoll und besitzergreifend umfasste sie von hinten Sigis Schultern, völlig überraschend, und verhinderte so, dass er sich unter den Tisch sinken ließ. Unter den fordernden Blicken Fräulein Schroedters konnte er seinen Stuhl nicht behaupten, obwohl er sich verzweifelt daran klammerte. Bei seiner Mutter fand er keinen Schutz, denn diese hatte alles mit Fräulein Schroedter besprochen und ihren eigenen Sohn somit verraten. Für Sigi gab es weder Halt noch Beistand. Marlene schob ihn mit ihren starken Armen auf die Tanzfläche. Dann wendete sie ihn um und zog ihn abrupt an ihren Bauch. Brüste besaß sie zu ihrem Kummer noch nicht. In einer Art Polka brachte sie ihn zunächst in eine Drehbewegung, steigerte diese, so dass er geradezu herumgewirbelt wurde. Die zuschauenden Eltern merkten nicht, dass hier, wie Sigi es sah, ein Kind in roher Weise vergewaltigt wurde. Fräulein Schroedter und Sigis Mutter nickten sich zufrieden und glücklich zu. Da Marlene ihn in der gewünschten Weise bewegte, ihn drehte und schwenkte, und er willenlos alles mit sich geschehen ließ, fiel das Paar schon bald gar nicht mehr auf. Gleich der bewusstseinslosen Marionette, die gerade deshalb Grazie zeigt, weil das störende Bewusstsein fehlt, machte Sigi seine Sache gar nicht so schlecht, so dass Fräulein Schroedter und Sigis Mutter sich zufrieden zulächelten ob der geglückten pädagogischen Gewaltkur.

Als Knaben und Mädchen dann aber getrennt ein Spalier bildeten, wäre Sigi um ein Haar entwischt. Marlene konnte ihn gerade noch an seiner Matrosenbluse halten. Zwei Jungen halfen und zwangen Sigi in die Reihe, an den Platz, den er einzunehmen hatte.

'Wenn hier een Pott mit Bohnen steit, und dor en Pott mit Brie,
    denn lot ik Brie und Bohnen staan und danz mit mien Marie.'
Das war zu singen und dabei auf den fiktiven Topf mit Bohnen und den mit Brei zu zeigen und zuletzt auf die Partnerin. Mit einem mehrfach wiederholten Fiderallallalla fanden die Paare dann im Tanz wieder zusammen.

Marlene war im Grunde ein gutmütiges Mädchen, und da sie merkte, was sie ihrem Partner antat, ließ sie ihn schließlich entschlüpfen. Sigi tauchte unter, lief wieselflink durch die Tischreihen und suchte Schutz in der Toilette. In einem Kabinett auf dem nicht ganz sauberen Sitz, fühlte er sich endlich sicher und geborgen.

Lange jedoch bewährte sich sein Refugium nicht. Fräulein Schroedter hatte sofort bemerkt, dass Sigi seiner Partnerin entwischt war. Sie schickte ein paar Jungen aus, Sigi zu suchen. Diese machten ihn bald in dem verschlossenen Kabinett ausfindig, und da es von außen nicht zu öffnen war, stiegen zwei über die Seitenwand, traten dabei in rüder Weise auf Sigis Schultern, so dass Spuren auf seiner weißen Matrosenbluse blieben, und zerrten ihn in den Tanzsaal. Da er sich weigerte, die Füße anzusetzen, kamen noch zwei weitere Jungen hinzu, und so wurde Sigi in unwürdiger Weise an Armen und Beinen zu Fräulein Schroedter geschleppt und vor ihr abgelegt.

Sie stellte eilends Form und Ordnung wieder her, wie sie einem fröhlichen Fest entsprachen, und setzte sich zu Sigi und seiner Mutter an den Tisch. Er wurde überschwänglich gelobt ob seines geglückten Auftritts als Tanzpartner, Fräulein Schroedter bestellte ihm sogar eine Tasse Kakao, aber Sigi machte den Eindruck eines zu Tode verletzten Menschen. In einem plötzlichen Entschluss ließ er die Kakaotasse umkippen, so dass der Inhalt sich über das Tischtuch und seine weiße Matrosenbluse ergoss. Einige Aufregung, wie sie sich bei solchen Anlässen ergibt, musste er noch über sich ergehen lassen, aber dann wurde entschieden, dass er mit seiner Mutter nach Haus gehen müsse. Mit Genugtuung betrachtete er den großen feuchten Kakaofleck auf seiner weißen Bluse. Deren Gefährdung war also keineswegs eine unsinnige Ausrede gewesen. Ein letzter Schreck für ihn war der Vorschlag einer wohlmeinenden Tischnachbarin, der Junge könne ja eine andere Bluse anziehen und anschließend zurückkommen.

Fräulein Schroedter stand mit stillem Vorwurf dabei. Der Vogel auf der Stange, schutzlos den Flintenkugeln ausgesetzt, blieb allerdings in wesentlichen Teilen erhalten, und das zeigte sich so:

„Das hast du doch absichtlich getan", sagte Fräulein Schroedter leise zu Sigi, so dass es sonst niemand hörte. Und wenn es Vorwurf und Tadel sein sollte, so war es für Sigi Trost und Beistand. Fräulein Schroedter wusste, was in ihm vorging. Sie verstand ihn. Ihr war klar, dass er sich den Kakao absichtlich über die weiße Bluse gegossen hatte, - und dass er dies tun m u ß t e.

Der liebe Gott und die Fortpflanzung   Sigi, der kleine Sigi, sonst stets wissbegierig, sträubte sich, die befremdlichen Tatsachen der menschlichen Fortpflanzung zu akzeptieren. Da in der Schule nicht darüber gesprochen wurde und auch seine Eltern dieses Thema mieden, musste Sigi sich an Walter halten, seinen einzigen Freund, zwei Jahre älter als er und schon in der Quinta des Gymnasiums. Walter besaß ein Buch, das über manches informierte. Er hatte es von seiner Schwester bekommen, die als Hebamme tätig war, und insofern enthielt das Buch zwar alles über das Gebären, aber nur wenig über die Begattungsvorgänge und gar nichts über die Liebe, die doch alles erst erträglich, angenehm und vergnüglich macht.

Die Zeichnung eines Querschnitts durch eine schwangere Frau wollte Walter seinem Freund als erstes zeigen. Das vorbereitende Gespräch scheiterte an Sigis Trotz. Walter fragte immer eindringlicher: „Aber wo kommen denn die Kinder her? Irgendwo müssen sie doch herkommen! Woher denn?"

Sigi schwieg.

„Du glaubst doch wohl nicht mehr, dass der Klapperstorch sie bringt!"

Sigi rümpfte die Nase.

„Aber sie sind doch nicht einfach da, einfach so aus der Luft!"

Sigi zuckte mit den Achseln.

„Sie kommen nämlich aus dem Bauch der Mutter."

Sigis Miene versteinerte.

Walter schlug das informative Buch auf und wies auf den Querschnitt durch die schwangere Frau. Sigi sah scheu hin und entdeckte zu seinem Schreck ein kleines Kind zwischen ihren Eingeweiden. Zuerst nahm er an, sie habe es verschluckt. Aber Walter erklärte ihm alles und fragte, ob er denn nicht einmal zugeschaut habe, wie Kaninchen, Katzen oder Hunde ihre Jungen bekämen. Sigi wusste nur, dass Küken aus den Eiern schlüpften, nachdem die Henne sie ausgebrütet hatte. Dies schien ihm eine klare und anständige Art, Nachwuchs in die Welt zu setzen. Und nun sollte er glauben, dass dem lieben Gott für den Menschen etwas so Ekliges eingefallen sei, wie es die Abbildung zeigte?

Da aber Walters Buch verlässlich schien, musste Sigi sich, wenn auch widerwillig, damit abfinden. Allerdings ergab sich eine weitere prekäre Frage: Wie kam das Kind aus dem Bauch der Frau ans Tageslicht?

Platzte etwa die Bauchdecke? Oder spielte der Nabel dabei eine Rolle? Nein, nichts dergleichen. Walter wusste es besser, und das Buch enthielt eine Abbildung, die es bewies. Das Kind kam dort heraus, wo sonst... Sigi mochte es nicht glauben! Und so etwas sollte i h m widerfahren sein? Ihm, seinen Eltern, seinen Lehrern und allen Menschen?

Inter faeces et urinam nascimur, wie der Lateiner sagt. So ist es nun mal. Aber Sigi musste wieder an die Henne denken, die fein säuberlich ein Ei legte, das wahlweise sogar gegessen werden konnte, gekocht oder gebraten.

Walter besaß für sein Alter viel Verantwortungsgefühl, merkte, wie schwer es Sigi fiel, Dinge zu akzeptieren, die doch nun mal natürlich waren. Deshalb hatte er für den nächsten Lernschritt etwas Besonderes vor.

Er wohnte mit seinen Eltern in einem Doppelhaus. Die Nachbarn waren ein Lehrer-Ehepaar mit zwei Kindern, 12 und 13 Jahre alt, Gerda und Günther. Mit ihnen als Akteuren versprach Walter seinem Freund eine Vorstellung, wie er und alle anderen Jungen sie weder bisher gesehen hätten, noch jemals wieder zu sehen bekämen. Sigi, bedenklich geworden, zeigte kein großes Interesse. Und als er hörte, dass es ihn eine Tafel Schokolade kosten solle, lehnte er rundweg ab.

Dabei häuften sich bei ihm ganze Stapel von Schokoladentafeln, die sein Vater ihm regelmäßig mitbrachte, obwohl er gar nicht gern Schokolade aß. Eine Tafel Schokolade kostete damals, Anfang der 30er Jahre, etwa fünfmal soviel wie heute und war für Kinder ein seltener Luxus. So betrachtete Sigi seine Tafeln als wertvolle Sammlung, und kein Sammler gibt gern etwas her. Die begehrlichen Vorschläge Walters, doch mal eine Tafel anzubrechen, trafen bei ihm auf taube Ohren.

Walter, der offenbar schon einmal eine Probevorstellung der beiden Lehrerskinder gesehen hatte, gab nicht auf. Sigi erklärte sich schließlich bereit, eine halbe Tafel Schokolade zu opfern, musste allerdings zur Kenntnis nehmen, dass dafür auch nur das halbe Vergnügen gewährt werde und nur einer der beiden Akteure auftrete. Da Sigi erkannte, dass eine angebrochene Tafel Schokolade ihren sammlerischen Wert ohnehin verloren hatte, erklärte er sich schließlich bereit, die ganze Tafel herzugeben.

Die Vorstellung sollte bereits am Nachmittag des nächsten Tages stattfinden. Die Eltern des Geschwisterpaares waren dann zu einem Geburtstagskaffee außer Hauses. Sigi übergab unmittelbar vor Beginn die vereinbarte Tafel Schokolade, über die Gerda und Günther sich sogleich hermachten. Die Schokolade war zwar ein wenig überaltert, aber es gab für die Vorstellung auch nur zwei Stehplätze, zudem noch auf umgestülpten Blecheimern, die Walter unter das Küchenfenster stellte. Auf den Eimern stehend, konnten er und Sigi bequem in die Küche schauen, wo die Vorführung stattfinden sollte.

Gerda und Günther hatten zwischen Küchenschrank und Handtuchhalter mittels einer Wäscheleine und eines Bettlakens eine Art Bühnenvorhang installiert. Hinter dem Küchenschrank krächzte ein Grammophon Melodien aus dem „Vogelhändler". Dort befand sich auch der Umkleideraum für die beiden Akteure. Es erwies sich allerdings, dass es eher ein Auskleideraum war, denn nachdem der Vorhang geöffnet war, traten Gerda und Günther in immer spärlicherer Bekleidung auf, tänzelten ein wenig zum Takt der Musik herum, verschwanden wieder und hatten schließlich gar nichts mehr an. Damit jedoch ließen sie es nicht genug sein. Gerda erschien mit einem Teddybär und vollführte mit ihm gymnastische Übungen, die Sigi wenig sagten, seinem Freund Walter aber offenbar großes Vergnügen bereiteten. Dann vollführte Günther einige Übungen, die ein Erwachsener als anstößig bezeichnet hätte, die Walter aber zu einem breiten Grinsen veranlassten, während Sigi auch damit nicht viel anfangen konnte. Dass die beiden Akteure schließlich noch in engem Kontakt ihre Gymnastik fortsetzten, sollte wohl der Höhepunkt der Aufführung sein, aber Sigi hatte dabei ein ungutes Gefühl in der Magengegend. Er spürte, schon an Walters Reaktionen, dass hier etwas Aufrührendes gezeigt wurde, aber etwas, aus dem er sich keinen rechten Reim machen konnte. Ihm kam lediglich der Nachbarshund in den Sinn, der manchmal, ganz versessen darauf, sein Bein umklammerte und sich daran abmühte.

Als die Vorstellung beendet war, wusste Sigi, dass er etwas ziemlich Unanständiges gesehen hatte. Da ihm aber jegliche einschlägige Information fehlte, hatte er eigentlich nur mitbekommen, dass Gerda und Günther sich ausgezogen hatten und dass Walter offenbar mehr Vergnügen daran fand als er.

„Na?" fragte Walter erwartungsvoll.

„Was na?"

„Wie hat es dir gefallen?"

„Na ja. Die schämen sich überhaupt nicht."

„Hast du verstanden, was Gerda mit dem Teddy vorgeführt hat?"

Sigi zuckte mit den Achseln, und Walter merkte, dass er ihm noch manches erklären musste.

Was Sigi nun zu hören bekam, rührte ihn stärker auf als Gerdas und Günthers Vorführung, zumal er dabei selber mit bestimmten körperlichen Merkmalen ins Spiel kam. Walter war ein anständiger Junge, beließ es bei der Theorie, erklärte, was zu erklären war, vermied rüde Worte, wie er sie von älteren Kameraden kannte, löste aber trotz aller Rücksichtnahme bei Sigi ein gelindes Entsetzen aus.

„Nein", sagte Sigi mit Entschiedenheit, „das kann nicht sein! Das sind Schweinereien!" Der Mann sei da, um für Frau und Kind zu sorgen und um sie zu beschützen, für sonst nichts, und schon mal gar nicht für das, was Walter ihm glaubhaft machen wolle. „Dann müssten ja auch meine Eltern..." - Sigi verstummte.

„Das sind keine Schweinereien", belehrte Walter ihn, „das ist die Natur und es macht Spaß." Und er las Sigi aus seinem informativen Buch einige Stellen vor, in denen der biologische Sachverhalt angedeutet war.

Aber Sigi war nicht zu überzeugen. „Von mir aus soll das Kind bei der Mutter im Bauch wachsen und rauskommen, wo es will, aber dies andere... das ist unmöglich. So was kann der liebe Gott sich nicht ausdenken. Nicht so was!"

„Wie stellst du dir das denn anders vor? Wodurch kommt denn

das Kind in den Bauch rein? Einfach so?"

Sigi richtete sich auf, holte tief Luft und legte soviel Überzeugungskraft in seine Worte, dass Walter einen Augenblick lang geneigt war, ihm zu glauben: „Wenn eine Frau sich ein Kind wünscht", sagte Sigi, „ganz stark wünscht, dann bekommt sie eins. Sie muss es sich nur wirklich wünschen."

So und nicht anders war es! Gott war doch der Schöpfer aller Dinge. Wie hätte es denn sein können, dass dem kleinen Sigi eine bessere und anständigere Lösung einfiel als ihm!

Ein Mitschüler namens Roth

Er stand etwas abseits, trug eine Kappe mit ganz schmalem Schirm, wie ich sie sonst noch nirgends gesehen hatte, und blickte ziemlich verloren drein. Aber niemand war in dieser Situation frei von Beklommenheit: Einschulung ins Gymnasium, fremd in einem Haufen von Zehnjährigen, auf einen unbekannten Lehrer wartend, der die Tür zum Raume künftiger Bewährung gleich öffnen würde.

Ich hielt meine braune Sextanermütze möglichst unauffällig in der Hand. Klassenmützen waren damals, Ostern 1936, eigentlich schon verpönt, und ich hätte auf meine Mutter hören und darauf verzichten sollen.

Irgendwie musste ich meinen Platz finden in diesem Haufen, der nun mal meine neue Schulklasse war. Einige gebärdeten sich übertrieben selbstbewusst und demonstrierten Stärke. Ich kannte einen aus der Volksschule und überlegte, ob ich mich neben ihn stellen sollte, damit sein Mut sich mir ein wenig mitteilte. Aber als ich auf ihn zuging und er mich anguckte, sprach aus seiner Miene soviel dumme Zuversicht, dass ich mich lieber dem Jungen zuwandte, der etwas abseits stand. Vielleicht fühlte er sich noch unbehaglicher als ich, und vielleicht gab mir gerade das mehr Sicherheit.

„Roth", sagte er, als ich ihn nach seinem Namen fragte. Er sah mich nicht an und schien keine Lust zu haben, weitere Worte mit mir zu wechseln. Ängstlich wirkte er eigentlich nicht, aber seltsam unbeteiligt.

„Wollen wir uns zusammensetzen, wenn wir gleich reingelassen werden?" fragte ich. Er zuckte mit den Achseln. Das bedeutete weder Ja noch Nein.

Dann stand unversehens der Lehrer da, wartete, bis ihm der Weg zur Tür freigemacht wurde, und schob sie gegen die herandrängenden Jungen auf. Sie zwängten sich durch die enge Türöffnung und fielen über die leeren Bänke her, um sich einen Platz zu sichern. Ich ließ mir Zeit, weil ich mich an den neuen Mitschüler hielt, der Roth hieß und so tat, als gehörte er nicht dazu.

Es gab drei Bankreihen mit je fünf doppelsitzigen Bänken hintereinander. Etliche Jungen irrten umher, suchten nach geeigneten Plätzen, wollten vielleicht mit jemandem zusammensitzen, den sie kannten. Mit einem scharfen Ordnungsruf beendete der Lehrer das Durcheinander. Wer noch keinen Platz gefunden hatte, setzte sich hin, wie es gerade kam.

Roth blieb währenddessen an der Tür stehen, ich widerstrebend und unsicher neben ihm. Der Lehrer, ein spindeldürrer Mann mit einem fast haarlosen Schädel fuhr mich an wie eine Viper. Ob ich eine Extraaufforderung brauchte. Ich duckte mich und geriet irgendwo in der Mitte auf irgendeinen Platz. Roth indes fand mehr Aufmerksamkeit. Der Lehrer wies ihn ganz nach hinten, links in die letzte Bank, und scheuchte den weg, der dort schon saß.

Als ich ein wenig zur Ruhe gekommen war, wandte ich mich zu Roth um, suchte seinen Blick und zuckte mit den Achseln. Er seinerseits äußerte kein Zeichen des Bedauerns.

Unsere Namen wurden aufgerufen. Er hieß Heinrich mit Vornamen, und ich war ein wenig enttäuscht über einen so simplen Namen. Aber damals war es ohnehin am Gymnasium üblich, sich mit Nachnamen anzureden. Die Schüler übernahmen es von den Lehrern und blieben auch unter sich dabei.

Roth zeigte für mich auch in den nächsten Wochen kaum Interesse. In der Pause sah ich ihn manchmal unauffällig von der Seite an. Er hatte dunkles Haar und dunkle Augen und wirkte ein bisschen kränklich. Vielleicht brauchte er deshalb nicht am Turnen teilzunehmen. Ich beneidete ihn darum, denn ich war unbeholfen und deshalb einigem Spott ausgesetzt. Auf dem Schulhof während der Pausen erwies er sich allerdings als schnell und gewandt, wenn er gefordert wurde.

Er war sehr klug, bewährte sich in jedem Fach, hatte stets seine Hausaufgaben, war höflich und zurückhaltend, hätte also eigentlich jeden Lehrer für sich einnehmen müssen. Gegenüber der Klasse galt er trotz seiner Leistungen und seines braven Verhaltens nicht als „Streber“. Er überließ jedem, der ihn darauf ansprach, seine Hausaufgaben zum Abschreiben, zeigte sich auch bei Klassenarbeiten entgegenkommend und versandte gelegentlich auf sehr geschickte Weise kleine Zettel mit Informationen, Mogelzettel sozusagen. Da er mit niemandem Streit suchte, aber auch keine Angst zeigte, wenn jemand seinen Mut prüfen wollte, ließ man ihn gelten. Dass er weiterhin etwas ausgegrenzt war, schien er zu akzeptieren. Sprach jemand ihn an, antwortete er bereitwillig, ließ sich aber auf weiter nichts ein. Mit mir verfuhr er ebenso, obwohl ich mich immer wieder um einen etwas engeren Kontakt bemühte.

„Wo hast du denn die verrückte Mütze her?" fragte ich.

„Von meinem Onkel aus Holland. Dort tragen sie alle solche Mützen."

„Aber hier wirkt sie doch ziemlich verrückt."

„Wenn für dich alles verrückt ist, was aus dem Rahmen fällt..."

„Nein, auf keinen Fall. Sonst wärst du ja auch verrückt."

Er sagte darauf nichts, lächelte und blickte mir dabei recht direkt ins Gesicht. Zu meinem Ärger lief ich rot an, aber er hatte wohl sowieso längst gemerkt, dass ich einiges für ihn übrig hatte.

Unser Klassenleiter unterrichtete uns in Mathematik. Ich nannte ihn für mich „die Viper", ganz meinem ersten Eindruck entsprechend. Er war von kalter Wesensart, hatte stiere Augen und eine grelle Stimme, hielt auf strenge Ordnung und teilte schnelle, trockene Ohrfeigen aus. Dabei hatte er außerhalb der Schule eine höhere Funktion in der NSDAP, wie meine Mutter wusste, und hätte somit doch eigentlich etwas vom Geist der Volksgemeinschaft vermitteln müssen. Selbst den Hitlergruß zu Beginn der Unterrichtsstunde zelebrierte er kalt und steril.

Roth war der Beste in Mathematik, da gab es keinen Zweifel. Aber dieser Lehrer, ich nenne seinen Namen ganz bewusst nicht, lobte ihn nie, sprach ihn auch nie persönlich an und zeigte ihm nichts als Kälte. Er nahm einfach nur seine mathematischen Leistungen zur Kenntnis. Roth seinerseits setzte stets seine verschlossenste Miene auf, wenn ihm von diesem Lehrer etwas abverlangt wurde.

Es gab einen Vorfall, den außer mir niemand in der Klasse richtig deutete oder auch nur in Beziehung zu Roth setzte. Die Viper, es gefällt mir auch heute noch, den Mann so zu nennen, war verärgert, weil etliche Schüler ihr Mathematiklehrbuch zu Hause gelassen hatten. Er ließ die Betreffenden aufstehen. Ich war darunter und auch Roth. Dann begann er der Reihe nach jedem eine Ohrfeige zu verpassen, vorn beginnend. Ich wäre als zweitletzter dran gewesen, Roth als letzter. Ich hatte bereits meine Brille abgenommen, die Viper stand leise bebend vor mir... zögerte... und ließ die Hand sinken. Drehte sich um, ging nach vorn und setzte den Unterricht fort.

Ich musste mich in der Pause gegenüber den anderen rechtfertigen. „Der mag dich", hieß es. „Ist er ein Freund von deiner Mutter?" „Hast du ihn hypnotisiert?" Ich zuckte mit den Achseln. Das war eine ironisch ausweichende Reaktion auf ironisch gemeinte Fragen. Dabei hätte ich eine ernsthafte Erklärung geben können: Er hatte nicht mich verschonen wollen, sondern Roth. So sah ich es. Mich zu verschonen, hatte er keinen Anlass, er tat es sonst auch nicht. In Bezug auf Roth jedoch... da musste es etwas geben, das ihn abhielt, ihm ins Gesicht zu schlagen, nicht etwa besondere Sympathie, nein, sicher nicht. Auch nicht Roths mathematische Begabung, denn die honorierte er durch nackte Noten, nicht durch Bekundungen menschlich-persönlicher Art. Ich fand letztlich keine Antwort, aber der erste Schritt dazu ist immer eine richtig gestellte Frage.

Leider hatten Roth und ich nicht den gleichen Schulweg, nicht einmal für eine kurze Wegesstrecke. Er wohnte am anderen Ende der Stadt, wie ich aus dem Klassenbuch entnahm. Ich gab vor, manchmal gerade in dieser Gegend etwas besorgen zu müssen, und hatte somit die Möglichkeit, ihn nach dem Unterricht ein Stück zu begleiten.

„Früher habe ich dich nie irgendwo gesehen. Auf welcher Schule warst du?"

„Ich hab vorher woanders gewohnt."

„Und wo?"

„In der Nähe von Hamburg."

„Und wo da?"

„Wozu musst du das wissen. Jetzt wohne ich jedenfalls hier."

Es war schwer, etwas aus ihm herauszubekommen. Er lebte bei

seiner Tante, wie ich schließlich erfuhr. Sein Vater sei so eine Art Kaufmann, sagte er ausweichend. Im übrigen solle ich ihm lieber erklären, was ich den Wichtiges in diesem Teil der Stadt zu besorgen hätte. Darauf konnte nun wieder ich keine befriedigende Antwort geben. Er merkte, dass ich in Verlegenheit geriet, und jedes Mal wenn ich ihn nach seinen persönlichen Verhältnissen fragte, konterte er mit einer Frage nach meinen angeblichen Besorgungen.

Weniger einsilbig war er, wenn es um Bücher ging, die wir beide kannten, die „Schatzinsel" zum Beispiel. Er hatte gleich mir schon frühzeitig mit dem Lesen angefangen. Ich lieh ihm ein Karl-May-Buch, das ihm jedoch nicht besonders gefiel. Im Kino war er hier am Orte noch nie gewesen. Ich bot ihm an, dass wir einmal zusammen hingehen könnten, und nannte eine Reihe von Filmen, die mir gefallen hatten. Er kannte sie allesamt nicht und zeigte an einem Kinobesuch kein Interesse.

Sobald es an der Zeit war, mahnte er mich, rechts abzubiegen, da ich doch in diese Richtung gehen müsse. Ich erklärte dann, mir mache ein kleiner Umweg nichts aus. Zumeist ließ er mich jetzt aber merken, dass unser gemeinsamer Weg und somit auch unser Gespräch beendet sei. Notgedrungen bog ich schließlich rechts ab, froh und betrübt zugleich. Froh über unser Gespräch und über den Kontakt, den ich zu ihm gefunden hatte, betrübt über die Distanz, die er trotz allem wahrte.

Als ich einmal all meinen Mut zusammennahm und ihm den Arm um die Schulter legte, während wir gemeinsam in einem Buch eine bestimmte Textstelle suchten, schüttelte er meinen Arm hastig ab und sah mich fast vorwurfsvoll an. Ich wollte etwas sagen, ließ es aber, als ich merkte, dass ich heftig errötete. Diesmal bog ich frühzeitig rechts ab.

Einige Tage darauf hatte ich eine Neuigkeit. „Meine Mutter will, dass ich ins Jungvolk eintrete", sagte ich und sah ihn fragend an. Das „Jungvolk" war die Hitlerjugendorganisation für die 10-14jährigen.

Er zuckte mit den Achseln.

„Wollen wir nicht zusammen eintreten? Vielleicht ist es ganz nett.“

„Es ist absolut nicht nett, und ich werde niemals eintreten, da kannst du sicher sein.“

„Aber für einen, der außenvor bleibt, gibt es bei uns keine Zukunft, sagt meine Mutter.“

„Dann gibt es eben für mich bei euch keine Zukunft“, sagte er kategorisch und war nicht mehr bereit, über dieses Thema mit mir zu sprechen.

Meine „Besorgungen“ und damit das gemeinsame Stück Nachhauseweg fielen allmählich immer öfter an. Ich machte keine ernsthaften Versuche mehr, diese Besorgungen glaubhaft zu machen. Sollte er doch wissen, dass ich nur seinetwegen fast eine halbe Stunde in die falsche Richtung ging.

Eines Tages merkte ich, dass er etwas auf dem Herzen hatte. Anscheinend brachte er es nur schwer über die Zunge. „Weißt du“, sagte er schließlich, „es ist nicht gut, wenn du zu oft mit mir gesehen wirst.“

„Warum soll denn das nicht gut sein?“

Er zögerte seine Antwort lange heraus. „Na, weil du doch eine Zukunft haben willst.“

„Aber was hat das mit uns zu tun?“

Wieder zögerte er. „Na ja, weil du doch bald im Jungvolk bist und ich nicht. Dann wird es vielleicht nicht gern gesehen, wenn du mit mir zusammen bist.“

„Das macht mir nichts aus. Dann verzichte ich lieber auf die ganze Hitlerjugend.“

„Trotzdem, du solltest dich nicht zu oft mit mir sehen lassen. Du und ich, wir passen nicht zusammen.“ Er schien verbittert. „So ist das nun mal“, setzte er noch hinzu.

Mir kamen die Tränen und ich war außerstande, etwas zu erwidern. Schweigend gingen wir nebeneinander her.

Irgendetwas war mit ihm. Aber was? Mehrfach lud ich ihn zu mir nach Hause ein, vor allem in der Hoffnung, dass er meine Einladungen erwidern würde. Aber er erklärte, für Besuche keine

Zeit zu haben. Außerdem wohne er zu weit von mir entfernt, und ein Fahrrad habe er nicht.

So kam es, dass ich ihm einmal, als wir uns getrennt hatten, unauffällig nachging. Ich stellte es geschickt an, wartete an Ecken und in Hauseingängen, bis er vor einer hohen schmiedeeisernen Pforte stehen blieb und sie aufschob. Es gab in dieser Straße, im Randbezirk der Stadt, nur Einzelhäuser, und dies Haus war eines der ansehnlichsten. Er brauchte sich nicht zu genieren. Warum nur wollte er nicht, dass ich ihn besuchte?

Zwei kleine Jungen kamen aus dem Vorgarten und drängten sich an ihm vorbei. „Hallo Harry, kommst du nachher raus?" rief einer, so laut, dass ich es deutlich hören konnte.

Harry? Wurde er zu Hause Harry gerufen? Der Name gefiel mir. Besser als Heinrich. Ich hätte ihn gern einmal Harry genannt, aber offiziell durfte ich den Namen ja nicht kennen.

An einem der nächsten Nachmittage wagte ich es, direkt an seinem Haus vorbeizugehen. Ganz unauffällig, wie jemand, der die Straße entlanggeht. Falls ich ihm zufällig begegnete, wollte ich sagen, ich hätte vor, ihn kurz aufzusuchen, um nach einer Hausaufgabe zu fragen. Zum Eingang führten Stufen hinauf, so dass ich nicht ohne weiteres an Türschilder herankam. Ich überlegte hin und her, ob ich nicht einfach hineingehen und nach ihm fragen sollte. Eigentlich war doch nichts dabei. Und wenn mehrere Partien in dem Hause wohnten und seine Tante gar nicht Roth hieß, konnte ich einfach irgendwo klingeln und um Auskunft bitten. Unschlüssig ging ich mehrfach an dem Hause vorbei. Vielleicht sah er aus dem Fenster, rief mich an, und alles war geklärt. Aber das Haus blieb still, die Fenster wirkten ernst und abweisend. Schließlich verlor ich den Mut und suchte eilends das Weite.

„Du spionierst mir nach", sagte er am nächsten Tag zu meinem Schrecken. „Ich habe dich vor unserem Haus gesehen."

„Ich spioniere dir nicht nach. Wie kannst du so was sagen! Ich wollte nur mal wissen, wo du wohnst und was es für ein Haus ist... Das ist doch kein Nachspionieren! Eigentlich wollte ich sogar klingeln."

„Und warum hast du es nicht getan?"

„Weil alles so merkwürdig ist. Alles! Du auch!" rief ich fast verzweifelt, drehte mich um und lief fort.

Aus war es jetzt mit uns. Die „Besorgungen" nach der Schule, unsere Gespräche, unser mühsam errungenes Einverständnis. Tage hindurch sprachen wir nicht miteinander, nickten uns kaum zu, wenn wir uns sahen. Einigen aus der Klasse fiel es schon auf. „Habt ihr Krach?" hieß es. „Du warst doch sonst immer hinter ihm her." Um solchen Fragen auszuweichen, arrangierten wir uns, wechselten ein paar Worte, wenn es sich ergab, gingen uns nicht aus dem Wege, sahen aber aneinander vorbei.

Ich litt. Harry ... der Name ging mir immer wieder durch den Kopf. Er schien mir geradezu als Schlüssel zur Versöhnung.

Nach einer Woche sann ich auf Wege, unser Verhältnis wieder einzurenken. Aus dem Klassenbuch ging hervor, dass er bald Geburtstag hatte, und ich dachte über ein Geschenk nach. Ich besaß einen Band mit Geschichten von Edgar Allan Poe, etwas ganz Besonderes für mein damaliges Alter, einen seltenen Schatz außerdem, den ich sorgsam hütete. Wenn es jedoch um seinen Geburtstag ging, konnte ich mich vielleicht davon trennen. Er würde das Geschenk wahrscheinlich sowieso nicht annehmen. Als ich merkte, dass ich darauf im Grunde hoffte, ließ ich mir etwas anderes einfallen.

Die Sommerferien nahten. Ich würde ihn fünf Wochen lang nicht sehen. Am letzten Schultag fasste ich mir ein Herz und stellte ihn zu einem Gespräch.

„Du wolltest doch gern die Geschichten von Edgar Allan Poe lesen."

„Das hat Zeit."

„Ich leih sie dir. Ich leih sie dir für die Ferien. Dann kannst du sie in Ruhe lesen. Es ist mein wichtigstes Buch. Leih du mir dafür d e i n wichtigstes Buch. Wir könnten sie in den Ferien irgendwann wieder austauschen."

Er schüttelte den Kopf.

„Es ist auch gar nicht nötig, dass du mir ein Buch leihst. Oder leih mir irgendeines, dein allerunwichtigstes."

Er schüttelte den Kopf.

„Bist du mir denn immer noch böse, weil ich an eurem Haus vorbeigegangen bin? Ich wollte dir nicht nachspionieren, ich wollte doch nur das Haus sehen, in dem du wohnst."

„Ich glaube es dir, und ich bin dir auch nicht mehr böse." Seine Stimme schwankte ein wenig, er schien bewegt. „ Weißt du, unsere Gespräche auf dem Nachhauseweg waren immer sehr schön. Du warst hier der einzige, mit dem man reden konnte. Und jetzt machen wir's kurz." Er hielt mir zum Abschied die Hand hin.

Ich zögerte, aber er hielt die Hand so lange ausgestreckt, dass ich sie schließlich ergreifen musste. Ich machte einen letzten Versuch. „Vielleicht sehen wir uns während der Ferien?" Ich hielt seine Hand fest, aber er entriss sie mir und wandte sich schnell ab.

Wir sahen uns nicht während der Ferien, wir sahen uns nicht, als die Schule wieder anfing, wir sahen uns überhaupt nicht mehr.

Am ersten Schultag nach den Ferien blieb sein Platz leer. Zuerst hoffte ich, dass er nicht rechtzeitig von einer Reise zurückgekehrt war. Aber auch in den folgenden Tagen kam er nicht.

Einer fragte schließlich unseren Klassenleiter. „Was ist denn mit Roth?"

Die Viper fixierte ihn einen Augenblick, und ein kaltes Lächeln huschte über das fleischlose Gesicht. „Der kommt nicht wieder. Der lebt jetzt woanders."

„Wo denn?"

„Weiß ich nicht. Frag nicht soviel."

Unser Mitschüler Roth war damit ausgelöscht, und im Klassenbuch wurde sein Name gestrichen.

Von niemandem hatte er sich verabschiedet. Alle fanden das 'typisch', nur mich tröstete es ein wenig. Immerhin hatte er mir die Hand gegeben, und ich redete mir ein, dass er dabei feuchte Augen gehabt habe. Und jetzt war mir auch klar, weshalb er den Büchertausch abgelehnt hatte. Aber wie konnte er einfach so verschwinden, ohne ein Wort der Erklärung!

Ich fand mich schließlich damit ab. Die Zeit bis zum Abitur war lang, ich begegnete vielen anderen und knüpfte mit diesem und jenem Beziehungen an. Die Erinnerung an Roth verblasste. Unsere Freundschaft hatte ja auch nur ein Vierteljahr gedauert und war ziemlich einseitig gewesen.

Heute aber ist er plötzlich wieder sehr lebendig für mich. Auf einem Klassentreffen geriet ich mit der 'Viper' an einen Tisch. Sie war alt und schlaff geworden, es waren Jahrzehnte vergangen. Eigentlich saß mir ein wohlmeinender alter Mann gegenüber. Ich hatte auch in den oberen Klassen noch mit ihm zu tun gehabt, er konnte sich an mich erinnern und lächelte mir freundlich zu. Ich aber musste plötzlich an das kalte Lächeln denken, das über dieses Gesicht huschte, als es um Roths plötzliches Verschwinden ging. „Was war eigentlich damals mit unserem Mitschüler Roth?" fragte ich ihn. „Sie erinnern sich vielleicht. Er war 1936 mit mir in der Sexta und kam nach den Sommerferien nicht wieder. Keiner wusste, wo er geblieben war."

„Ja, der arme Junge. Das war ein ganz besonderer Fall. Ich erinnere mich. Er war jüdischer Herkunft. Die Schule hatte ihn aufgenommen unter der Bedingung, dass niemand davon erfuhr. In seinem Interesse natürlich. Es gab damals schon bei manchen Eltern und Schülern gewisse Aversionen. Für ihn war es deshalb besser, wenn niemand davon wusste. Er gehörte dann einfach dazu. Sozusagen."

„Und wissen Sie, was aus ihm geworden ist?"

„Nur, dass die Familie auswandern konnte. Das war zu der Zeit noch möglich. Ja, das sind schlimme Schicksale gewesen."

„Schicksale, die böswillig herbeigeführt wurden." Ich sah den Mann an: ...von Leuten wie Sie einer sind, hätte ich sagen mögen, aber ich musste Rücksicht auf die allgemeine Wiedersehensstimmung nehmen. Er spürte ohnehin, was ich meinte, und schien ein wenig verunsichert.

Ich sehe meinen Mitschüler Roth vor mir, sehe ihn als Elfjährigen, denke an meine „Besorgungen" und an unsere Gespräche. Seine aus

Holland stammende Mütze kommt mir in den Sinn. Vielleicht hat er dort bei seinem Onkel Zuflucht gefunden. Aber in Holland war er schließlich auch nicht mehr sicher. Hoffentlich ist er rechtzeitig weggekommen - nach England, nach Amerika oder möglichst bis ans Ende der Welt. Damit sie ihn nicht bekamen - die Mörder.

Die Schrumpfung einer Lehrkraft

Der Direktor hat mich zu sich gebeten, zu einem Gespräch in sein Amtszimmer. Nach der zweiten Unterrichtsstunde soll ich mich einfinden.

Nun bedeutet es weiter nichts, zu so einem Gespräch beordert zu werden. Es gehört zum Führungsstil unseres Direktors, die Kollegen in sein Amtszimmer zu bitten, auch wenn er ihnen nur eine dienstliche Belanglosigkeit mitteilen will. Er hätte es ebenso gut zwischen Tür und Angel tun können, im Lehrerzimmer oder auf dem Korridor. Aber die Anweisungen eines Direktors fordern den angemessenen Rahmen, Tür und Angel sind zu wenig, Amtszimmer, Schreibtisch, Sesselgruppe, 'Nehmen Sie bitte schon Platz!', die Andeutung einer dringenden Arbeit, die er zu einem Abschluss bringen muss, einem vorläufigen, oder wenigstens zu einem Einschnitt, der es erlaubt, sie für einen Augenblick, für ein anstehendes Gespräch, zu unterbrechen. 'Nehmen Sie bitte schon Platz!' Er tritt hinzu, setzt sich nicht gleich, steht einen Augenblick am Sessel gegenüber, man ist versucht, wieder aufzustehen, fühlt sich unbehaglich, rutscht auf dem Sitz hin und her, lüftet ein wenig das Hinterteil, ärgert sich ein bisschen, dass er nicht merkt, wie er sein Gegenüber in Verlegenheit bringt, oder es doch merkt, es geradezu darauf anlegt.

Schließlich setzt er sich, beginnt das Gespräch, ohne gleich zu sagen, worauf es ihm ankommt, äußert ein paar lobende Worte, man wird unsicher, womöglich geht es doch um etwas Ernsthaftes, ist sich keiner Schuld bewusst, weiß aber nicht, was hinter den Kulissen geschehen ist, was Eltern dem Direktor berichtet haben, was die Behörde mit uns Fußvolk vorhat, was für Schwierigkeiten entstanden sind, ohne dass man es übersehen, ja auch nur erahnen kann...

Nach der zweiten Stunde also. Ich gebe meinen Unterricht wie sonst. Deutsch in der Oberstufe. Die Romantik ist dran. Ich treibe nicht etwa Literaturgeschichte alten Stiles, mein Unterricht ist auf der Höhe der Zeit: Die Romantik ist dran mit ihren Auswirkungen auf den Surrealismus. Doppelgänger, Schatten, Spiegelbild. Auflösung der

Wirklichkeit in Illusion, Illusion der Wirklichkeit, Wirklichkeit als Illusion. Zerfall und Verwandlung. Transparente schwinden, Wände werden durchlässig, der Boden schwankt. Dämonen ziehen ein in den Alltag, Abgründe klaffen, Grenzen fallen, Fratzen und Grimassen ringsum, man selber Karikatur. Sein ist Schein, Wahrheit Wahn, die Wirklichkeit nur ein Spuk...

Eigentlich müsste es den Schülern etwas sagen. Ich blicke in die Runde. Einige machen sich Notizen. Ich warte auf eine Frage, einen Einwand. Spüren sie denn gar nichts?

Ich stehe auf, greife mir ein Stück Kreide, grüne Kreide, liegengeblieben vom Mathematikunterricht, und schreibe an die Tafel: 'Ich denke mir mein Ich durch ein Vervielfältigungsglas.' Ich sehe die Schüler an, warte... als Pädagoge muss man warten können.

Eine Antwort: „Wie Sie eben gesagt haben, die Grenzen fallen, die Grenzen des Ichs, man verliert sich...“

Noch etwas: „Wer garantiert einem, dass man immer derselbe bleibt. Da sind viele Möglichkeiten.“

Na also, ein Gespräch kommt in Gang. Jetzt eine Textstelle, ich habe sie vervielfältigt, verteile die Blätter. Jeder soll den Text zuerst für sich lesen.

Eine Zeitlang Stille. Sechzehn Schüler an acht Tischen. Ich sitze auf dem Platz, der mir zukommt, wie jeden Morgen. Der Alltag gibt Sicherheit, Ordnung und ein bisschen Humor; die Wände werden dicht. Ich brauche das Unterrichten, den Lehreralltag. In den Ferien zum Beispiel, da löst es sich manchmal ein wenig auf...

Die Schüler haben den Text gelesen, jetzt also die Interpretation. Der Unterricht läuft. Ich bin kein schlechter Lehrer. Ich denke fortschrittlich, bin antiautoritär, soweit möglich, setze mich ein für die Schüler, bekämpfe Unrecht, bin Vertrauenslehrer der SV..., obwohl mir dies alles, wenigstens manchmal, in meinen stillen Stunden, zu Hause, wenn es dunkel im Zimmer wird und ich vergesse, das Licht anzuschalten, recht im Innersten gleichgültig ist.

Ich bin also zum Direktor bestellt, und das braucht überhaupt nichts zu bedeuten. Mit einiger Sicherheit kann ich annehmen, dass es nicht das geringste bedeutet. Aber ich bin ein bisschen unruhig, es war etwas in seinem Blick, sein Händedruck, - wie am offenen Grab. Verbundenheit, wie mit jemandem, der einem Leid tut. Allerdings wüsste ich nicht, warum ich jemandem Leid tun sollte. Auch wenn ich manchmal einen solchen Anspruch erheben möchte, ohne aber dafür einen Grund zu haben, denn ich leiste etwas in meinem Beruf, führe ein solides Leben und habe berechtigte Hoffnungen, nächstens in die Besoldungsgruppe A 15 eingestuft zu werden, was geldlich nicht viel bedeutet, aber den Dienstrang 'Studiendirektor' beinhaltet. Ich gebe zu, dass ich darauf einigen Wert lege. Nicht dass es mir um den höheren Rang ginge, daran liegt mir nichts. Auch weiß ich, dass mein Ansehen bei den Schülern durch die Beförderung nicht steigt und dass die Kollegen sie mir missgönnen. Trotz allem, ich meine, ein Recht darauf zu haben.

Ein Blick zur Uhr: noch fünf Minuten. Doppelgänger, Schatten, Spiegelbild - ich bin mit meinen Gedanken nicht mehr dabei. Ich doziere, verbreite mich über die gesellschaftlichen Grundlagen der Romantik, komme damit nicht an, entdecke auch während des Sprechens, dass mir selber manches nicht klar genug ist. Ein Schüler beginnt zu essen, ich entschließe mich, es zu übersehen, schaue mehrfach nach der Uhr. Die meisten Gesichter vor mir zeigen höfliches Interesse. Man merkt, dass ich mich abmühe, ist wohl etwas erstaunt, weil die lockere Atmosphäre, die ich sonst meist herbeiführe, diesmal fehlt, aber man sieht es mir nach. Der freundschaftliche Händedruck des Direktors vorhin, sein Blick, etwas von schräg unten, - ich wage es fast nicht zu hoffen, aber eigentlich bin ich ganz sicher, dass er mir meine Beförderung ankündigen will.

Das Klingelzeichen. - Ich suche nach einem Abschluss, finde ihn nicht, einige Schüler sind schon aufgestanden, andere wickeln ihr Pausenbrot aus, Käse, Leberwurst, raschelndes Papier, ich breche meine Ausführungen ab, es kommt nichts mehr zustande. Ich schlage das Klassenbuch auf, überlege, wie ich die Eintragung formulieren soll, klappe das Buch wieder zu, ohne den Kugelschreiber angesetzt zu haben. Nächstes Mal. Ich stehe auf, lange nach meiner Tasche, die wie immer links von mir auf dem Lehrertisch liegt, nicke den Schülern zu, die in Gruppen stehen oder sitzen, mich gar nicht mehr beachten.

Treppen hinunter, Treppen hinauf. Am Ende des Korridors ein hohes Fenster. Links die Tür zum Direktorzimmer. Sie öffnet sich. Der Direktor als Schattenriss vor dem grauen Licht von draußen. Er winkt, ich gebe meinen Schritten Sicherheit, gerade weil ich spüre, dass aus der Magengegend ein ungutes Gefühl aufsteigt.

„Nehmen Sie bitte schon Platz!" Noch ein Händedruck, der zweite heute morgen. Er achtet darauf, allen Kollegen jeden Morgen die Hand zu geben. Bis zu 50 Hände, feuchte, klebrige, trockene, harte, weiche... fester Druck, lascher Druck, gleichgültig, herzlich. Auch die Kollegen begrüßen sich zumeist mit Handschlag. Ich vermeide es, so gut es geht.

Ich setze mich, er ordnet etwas auf seinem Schreibtisch. Ein Telefonanruf. Er bittet, später wieder anzurufen. Ich horche auf. Das ist ungewöhnlich. Unter normalen Umständen hätte er das Gespräch geführt, auch in meiner Gegenwart, hätte nichts dabei gefunden, mich warten zu lassen, und ich hätte mich ein bisschen geehrt gefühlt, das Gespräch meines Direktors mit anhören zu dürfen.

„Rufen Sie bitte in einer halben Stunde wieder an. Ich bin gerade in einer dringenden Besprechung mit einem meiner Herren." Verständnisvoller Blick zu mir herüber. Ich lächle, er lächelt, legt den Hörer auf, nimmt ein Schriftstück vom Schreibtisch, faltet es zusammen, setzt sich zu mir. Ich erhebe mich leicht, deute es eigentlich nur an durch ein leichtes Straffen des Oberkörpers.

Er hält das zusammengefaltete Papier in der Hand, denkt nach, fragt nach der nächsten Sitzung der Schülervertretung, äußert den Wunsch, daran teilzunehmen. Eine neue Hausordnung soll diskutiert werden. Ich stehe als Verbindungslehrer mal wieder zwischen den Fronten. Ich genieße das Vertrauen der Schüler, muss mich für sie einsetzen, auch wenn es gegen die Auffassungen der Kollegen oder gar des Direktors geht. Ich versuche auszugleichen, die Schüler mit List zu lenken, kann es mir auch nicht leisten, mich ständig mit Kollegen und Direktor anzulegen, vor allem deshalb nicht, weil ich auf eine Beförderung hoffe.

Der Direktor sucht nach Worten. Er will mir etwas Anerkennendes sagen. „Ich weiß, wie schwer es für Sie ist... dieses Amt... es zur Zufriedenheit aller wahrzunehmen. Ich weiß zu schätzen, dass Sie das Beste daraus gemacht haben, in der letzten Zeit... " Er denkt bereits an etwas anderes. Das Schriftstück! Von der Behörde, ich habe den Briefkopf schon mit einem kurzen Blick ausgemacht. Jetzt also, krampfhafte Hoffnung, die neue A 15-Stelle, Ernennung zum Studiendirektor, fällig und erdient. Aber während er das Schreiben endlich auseinander faltet, wird mir schneidend klar, dass es um etwas anderes geht.

„Ich habe hier ein Schreiben von der Behörde, von dem ich Ihnen Kenntnis geben muss. Ich darf vorausschicken, dass es nicht meine Absicht ist, die Angelegenheit zu dramatisieren."

Ich beuge mich vor, bleibe ganz ruhig. Eine Schwierigkeit, etwas Ernstes, ich muss mich zur Wehr setzen.

Der Direktor blickt besorgt. „Bitte, nehmen Sie es nicht zu schwer." Er will mich beruhigen, verschlimmert die Situation aber nur.

Ich schüttle nervös den Kopf, warte, hocke gespannt da, während meine Gedanken blitzschnell hierhin, dorthin jagen: der Unterricht, die Kollegen, die Eltern, die letzte Woche, der letzte Monat... nichts. Ich weiß nicht, warum die Behörde mir etwas zur Kenntnis gibt, das unangenehm für mich sein könnte.

„Am besten, ich lese Ihnen das Scheiben vor." Er liest die Anschrift mit, auch das Aktenzeichen. Dann kommt's:

'Im Rahmen der Neufestsetzung des Besoldungsdienstalters wurde eine Überprüfung aller Personalunterlagen vorgenommen. In Ihrem Fall ergab sich dabei eine Unstimmigkeit, die ich umgehend zu klären bitte. Ihnen wurde am 15. 5. 1943 auf Grund Ihrer Einberufung zum Wehrdienst das Zeugnis der Reife zugesprochen. Mit Beginn des Sommersemesters 1946 sind Sie an der Universität München immatrikuliert worden. Dabei ist übersehen worden, dass Ihr Reifezeugnis nach der damals für die Britische Zone geltenden Regelung nicht zum Studium an einer Hochschule der drei westlichen Besatzungszonen berechtigte. Sie haben das Gymnasium mit der Versetzung in die 12. Jahrgangsstufe verlassen und hätten nach Kriegsende

das Reifezeugnis neu erwerben müssen. Ob dies geschehen ist, geht aus den hier vorliegenden Unterlagen nicht hervor.
Im Auftrag: Unterschrift' - Schluss.

Der Direktor sieht mich an. Ich hebe hilflos die Hände. „Ich habe mich damals ordnungsgemäß beworben..., Reifezeugnis vorgelegt..., bin immatrikuliert worden, habe 12 Semester studiert, Staatsexamen, Promotion, Referendarzeit, zweites Examen..., alles völlig normal."

„Aber Sie hatten hiernach nicht die Berechtigung, zu studieren." Der Direktor jetzt schon mehr Amtsperson. „Sie haben Ihr Studium in gutem Glauben aufgenommen, wie Sie sagen, wussten demnach nicht, dass Sie nur einen Reifevermerk hatten? Aber Sie müssen doch mit Kommilitonen darüber gesprochen haben, oder mit ehemaligen Klassenkameraden."

Ich schüttle den Kopf. „Ich habe meine Unterlagen beim Sekretariat eingereicht und bin immatrikuliert worden. Es war damals nicht leicht, einen Studienplatz zu bekommen. Ich war heilfroh.... "

Der Direktor reicht mir das Schreiben der Behörde. „Nun beruhigen Sie sich erst mal. Und überlegen Sie, was wir antworten sollen." Er geleitet mich zur Tür, reicht mir die Hand. 'Mein Beileid', er spricht es nicht aus.

Ein Alptraum! Alles auf Sand gebaut. Zwölf Semester Studium, zwei Jahre Referendariat, die lange Zeit der Arbeit: Assessor, Studienrat, Oberrat. Vor der Beförderung zum Studiendirektor. Alles auf Sand gebaut. Das Fundament fehlt: ein ordnungsgemäßes Reifezeugnis. Natürlich habe ich es gewusst: Ein Reifevermerk berechtigte damals nicht zum Studium. Alle meine Klassenkameraden, soweit sie überlebt hatten, mussten das Abitur nachholen, mussten wieder auf die Schulbank. Panzer, Stalinorgeln, Blut, Gedärm, Nahkampf, Bajonette und Bombenhagel..., überstanden und wieder zurück auf die Schulbank. Klassenarbeiten, Mogelzettel, Lehrernotizbuch, Physikraum, Aula, Turnhalle..., als ob nichts gewesen wäre, nicht der 8. Mai 1945, nicht Auschwitz und Treblinka. Mich bewahrte ein Versehen im Sekretariat der Münchener Uni davor. Die Abgangszeugnisse der Schulen sahen alle verschieden aus. 'Zeugnis der Reife erteilt', das hatte genügt, ich wurde immatrikuliert. Hätte ich vielleicht von mir aus sagen sollen: 'Aber meine Herren, Sie können mich nicht zulassen. Ich muss noch wieder auf die Schulbank, trotz allem, was geschehen ist.' Und nun ist irgendein Federfuchser im Ministerium darüber gefallen. Ich bin überführt: ein Betrüger, ein Hochstapler, nicht Oberstudienrat, nicht Dr. phil., - ich bin ein Jemand, der nicht einmal sein Abitur hat.

Ich suche Schutz zwischen den hohen Regalen der Bibliothek. Der Kollege Lienow hockt über einem Stapel Hefte und korrigiert. Ich gehe an ihm vorbei, als ob ich nicht bemerkte, dass er Anstalten trifft, mir die Hand zu reichen. Schwätzer, Besserwisser und Reaktionär, Mundgeruch und feuchte Hand, unbeliebt bei unseren Schülern, fachlich eine Null. Dankbar für ein freundliches Wort, ein armes Luder.

Ich greife mir ein Buch, schlage es irgendwo auf, sehe nur Gedrucktes, lese nicht wirklich, denke nach über mein Problem: die Antwort ans Ministerium. So etwa: 'Mit meinem Immatrikulationsantrag habe ich das Reifezeugnis eingereicht, wurde immatrikuliert und musste somit annehmen, dass in der amerikanischen Zone der Reifevermerk ausreichte... ' Nein, nicht den Ausdruck Reifevermerk benutzen. Für mich ist es das Reifezeugnis, nichts anderes.

Nächste Unterrichtsstunde, die letzte für heute: Deutsch in einer Sexta. Rechtschreibeübungen, ich bin heute zu nichts anderem mehr fähig. „Jeder schreibt jetzt zwanzig Wörter mit Doppel-e! Seid endlich ruhig dahinten! Wenn ihr nicht endlich den Mund haltet... " Ja, was dann? Vielleicht zwanzig Wörter mit Doppel-a als zusätzliche Hausaufgabe? Strafarbeiten sind nicht erlaubt. Aber das lässt sich umgehen, man findet immer einen Ausweg. Und niemand kann es mir verdenken, wenn ich den kleinen Irrtum ausgenutzt habe, der auf dem Sekretariat unterlaufen ist, damals, im Jahre 1946.

Rechtschreibeübungen in Sexta. In der zweiten Reihe meldet sich einer, unermüdlich, mit Nachdruck. Es hat sich in ihm aufgestaut, es muss heraus. Er bewegt die Lippen, formt die Worte vor, schlägt die Finger knallend durch die Luft, sieht mich fordernd, gierig, fast drohend an. Warum sagt er nicht einfach, was er will, warum wartet er auf meinen Blick, auf ein Zunicken, das ihn erlöst?

Das Bild der Klasse wird mir fremd. Es verschwimmt nicht, es geht auf Distanz. Hier sitze ich, Oberstudienrat, Dr. phil., Lehrer von 35 kleinen Kindern, und bringe ihnen bei, welche Wörter mit Doppel-e geschrieben werden. Hier sitze ich, zwinge 35 Kinder stillzusitzen und Wörter mit Doppel-e zu suchen. Hier sitze ich und habe vielleicht gar nicht das Recht dazu.

Der in der zweiten Reihe meldet sich noch immer. „Was willst du denn?"

„Dürfen wir auch..., dürfen wir auch Beethoven schreiben..., Namen mit zwei e?"

Ich schüttle den Kopf. „Keine Namen. Das führt ins Uferlose. Namen mit zwei e, da gibt's viele." Der Junge ist enttäuscht. Vielleicht sollte ich es ihm erlauben, Beethoven hinzuschreiben. „Meinetwegen schreib Beethoven", sage ich. „Berühmte Namen könnt ihr aufschreiben." Der Junge unterdrückt einen Freudenschrei.

Ich stehe auf, schlendere durch die Bankreihen. Einige werden unruhig, anscheinend haben sie schon zwanzig Wörter mit Doppel-e gefunden. Oder gibt es gar nicht so viele? Ich schaue in einige Hefte: See, Teer, Meer, Tee, Schnee, Fee, Heer, leer... es gibt keine zwanzig Wörter mit Doppel-e. Die Kleinen plagen sich, lutschen an ihren Kugelschreibern. „Macht Schluss!" rufe ich. „Wer hat zwanzig, wer hat mehr als zehn?" Finger fahren hoch. Jemand verbirgt ein Blatt Papier vor mir. Verbirgt es eigentlich nicht so recht, ich soll es bemerken, er verbirgt es pro forma, will mich in Wahrheit nur aufmerksam machen. Ich strecke die Hand aus. Eine Zeichnung mit Bleistift: die Brille, der Haaransatz... Schädelform, Nase..., eine Fratze, aber unverkennbar: ich. Der Junge sieht mich erwartungsvoll an. Er hat nichts zu befürchten, das weiß er. Ich kann Spaß verstehen, die Kleinen mögen mich. „Nicht schlecht", sage ich. „Kann man gut erkennen." Einige springen auf, wollen das Bild sehen. Ich lasse es ihnen, es geht von Hand zu Hand, Lachen, Quieken, zwei werden sich nicht einig, das Blatt zerreißt, die beiden geraten sich in die Haare. Ich greife ein. „Her mit dem Zettel! Ruhig die anderen! Wer liest seine Wörter mit Doppel-e vor?"

Ich lasse jemanden lesen, höre nicht hin. In meinen Händen die beiden Teile des zerrissenen Blattes. Mein Kopf ist ganz geblieben, der Riss läuft unmittelbar am rechten Ohr vorbei. Ich atme auf. Unwillkürlich.

Pause. Ich könnte ins Lehrerzimmer gehen, mich an einen der Tische setzen, zu diesem oder jenem Kollegen, als ob nichts wäre. Ich könnte in das Mitteilungsbuch schauen, die Anweisungen des Direktors zur Kenntnis nehmen, ich könnte die Vertretungspläne durchgehen, feststellen, ob ich in den nächsten Tagen einen Kollegen zu vertreten habe oder einer Klasse das Ausfallen einer Unterrichtsstunde mitteilen muss. Ich könnte auch in mein Brieffach sehen, die Prospekte herausnehmen, die sich immer wieder ansammeln. Ich achte auf Ordnung in meinem Fach. Die anderen Fächer sind vollgestopft mit unerledigten Papieren, Heften, nicht geöffneten Briefen. In einem Fach liegt eine beschlagnahmte Wasserpistole, täuschend echt nachgemacht. Ich könnte sie in die Hand nehmen, und mir könnte ein Gedanke kommen, gegen den ich mich heftig wehren muss, denn ich bin entschlossen, Widerstand zu leisten.

Ich gehe nicht ins Lehrerzimmer, schlendre durch die Korridore, nicke Schülern zu, bemühe mich um ein Lächeln, wechsle ein paar Worte mit einem Quintaner, der mir immer noch die Hand reicht, wenn er mir begegnet. „Wie geht's? Alles klar?" Was soll man sagen?

Ich gehe weiter. Viele fremde Gesichter. Ich kenne bei weitem nicht alle Schüler, um die tausend sind es. Aber ich fühle mich wohl unter ihnen, mehr als unter den Kollegen. Das Lehrerzimmer empfinde ich immer wie einen Warteraum. Es lohnt sich kaum, ein Gespräch zu beginnen, das Klingelzeichen wird es unterbrechen. Man sitzt wie auf Abruf.

Dort eine Gruppe von älteren Schülern. Sie stehen vor einem der Ausgänge, wollen anscheinend nach draußen, eine Zigarette rauchen. Ich schließe mich ihnen an, lasse mir eine anbieten. „Na, Herr Doktor, wie steht's?" Der Junge grinst, weiß, dass er sich im Ton vergreift, weiß auch, dass mir klar ist, dass er es weiß, und leistet es sich deshalb.

Ich ziehe das Gesicht in Falten, wiege skeptisch den Kopf: „Mal wieder ziemlich frustriert." Ich weiß, dass man es nicht ernst nimmt oder doch nur halb ernst, obwohl es doch diesmal stimmt.

Einer will mit seiner Zigarette ins Gebäude gehen. „Ihr sollt nicht im Gebäude rauchen", sage ich. „Sonst wird euch die Raucherlaubnis ganz und gar entzogen." Empörtes Gemurre. Ironisch übertrieben. Die Raucherlaubnis ist schon selbstverständlich geworden. „Wir sind hier mehr als liberal", sage ich. „Weshalb wollt ihr immer noch mehr?"

Wir sind freundlich zueinander, aber eine Barriere bleibt. Eine Barriere bleibt, und das gibt Sicherheit.

Diesmal fängt mich der Direktor gleich nach der ersten Stunde ab und führt mich in sein Amtszimmer. Das sieht nicht gut aus. Fast 14 Tage sind verstrichen, mein Antwortschreiben an das Ministerium ist inzwischen abgesandt, ich habe den ersten Schrecken überwunden und hoffe, dass man die Angelegenheit auf sich beruhen lässt. Jetzt bittet mich der Direktor gleich in sein Amtszimmer, bestellt mich nicht etwa nach der zweiten Stunde, scheint mir etwas sehr Schwerwiegendes mitteilen zu müssen. Wir setzen uns. Diesmal kein Zeremoniell, die Lage ist ernst.

„Um gleich zur Sache zu kommen..." Er macht eine Pause. Es bedeutet nichts Gutes, wenn er gleich zur Sache kommt. „Das Ministerium hat Ihre Erklärung zur Kenntnis genommen. Unser Abteilungsleiter selber ist damit befasst worden..., der Justitiar hat ein Gutachten erstellt..., kurz, Ihre Erklärung wird als nicht ausreichend angesehen."

Ich sitze reglos da. Nicht ausreichend. Im Grunde war es zu vermuten. Der Direktor zögert. Es macht ihm keine Freude, mich in Bedrängnis zu bringen, ich muss es ihm zugute halten. „Für Ihre Berufung in das Beamtenverhältnis im Höheren Dienst ist ein ordnungsgemäßes Reifezeugnis unerlässliche Voraussetzung."

Ich nicke, sage nichts, was soll ich auch sagen, warte, warte auf mein Urteil.

„In Anbetracht der von Ihnen geleisteten Arbeit, der Examina, die Sie ordnungsgemäß und mit Prädikat abgelegt haben, ist die Behörde zu einem Entgegenkommen bereit. Ich freue mich ganz besonders,

Ihnen das mitteilen zu können." - Ein Hoffnungsschimmer! - „Sie holen die Reifeprüfung pro forma nach. Ganz intern, im engsten Kreis, ich werde alle Beteiligten auf ihre Pflicht zur Amtsverschwiegenheit hinweisen."

Eine Formalität? Ich soll mich einer Prozedur unterwerfen, die ich ein Dutzend Mal auf der anderen Seite des Tisches mit zelebriert habe, mich von Kollegen prüfen lassen? „Könnte man nicht...", ich muss mich zweimal räuspern, „wäre es nicht besser... ich meine, eine Prüfung im Ministerium..."

„Im Gegenteil. Sie haben doch hier Ihre Freunde. Wir alle kennen Sie, wissen Ihre Arbeit zu schätzen. Alles bleibt im engsten Kreis. Eine reine Formalität. Das Ministerium hat sogar darauf verzichtet, Sie vorläufig zu beurlauben." Er sieht mich an, als ob ich mich freuen müsste.

„In was für Fächern?" frage ich, die Zunge klebt trocken am Gaumen. „Ich habe so ziemlich alles vergessen, wissen Sie." Ich lache, aber es wird mehr ein Stöhnen.

„Auch da kommt Ihnen die Behörde entgegen." Der Direktor freut sich, mir etwas Angenehmes zu sagen. „Sie brauchen nicht den Nachweis zu führen, dass Sie die Vorbereitung auf die Prüfung so eingerichtet haben, dass das Bestehen wahrscheinlich ist. Das bedeutet Verzicht auf § 40, Abs. 4 der Reifeprüfungsordnung. Im übrigen wird verfahren nach den Bestimmungen über die Reifeprüfung für Nichtschüler. Zuerst schriftlich in vier Fächern. Sie können es selber nachlesen. Deutsch dürfte kein Problem für Sie sein. Dazu ein bisschen Mathematik und Englisch. Dann noch die zweite Fremdsprache oder eine Naturwissenschaft, Biologie vielleicht."

„Englisch habe ich auf der Schule nicht gehabt", sage ich. „Ich hatte Französisch. Französisch und Latein."

„Kein Englisch? Sie können überhaupt kein Englisch? Nichts?"

„Wenig. Nur aus Radio- und Fernsehkursen."

„Da muss ich in der Prüfungsordnung nachschlagen. Es lässt sich wohl auch mit Französisch machen. Und als viertes Fach nehmen Sie doch sicher Biologie. Ein bisschen Verhaltensforschung..." Er will mir helfen. Man sieht es ihm an.

„Ich kann kaum noch Französisch. Wir haben damals..., der Unterricht war schlecht, ganz anders als heute, das wissen Sie selbst. Alles von der Grammatik her, wir haben gar nicht Französisch gesprochen.“

„Nehmen Sie ein paar Stunden Privatunterricht. Auch in Mathematik vielleicht, obwohl Sie ja gut waren in Mathematik, wie ich aus Ihrem Schulabgangszeugnis ersehe. Und Lateinisch..., einen einfachen Text übersetzen, das kann doch jeder von uns noch. Was so in den Prüfungen gefordert wird, das hält sich doch alles in Grenzen.“

„Und die Kollegen..., ich meine..., wer soll mich..., wen wollen Sie...?“

„Das muss mir natürlich überlassen bleiben. Aber geben Sie mir einen kleinen Wink. Sie können in jeder Weise mit Entgegenkommen rechnen. Das ganze wird als Formalität betrachtet. Eine Formalität und alles ist bereinigt. Mehr konnten Sie nicht erwarten.“

Ich vertraue mich dem Kollegen Martens an. Er kann’s nicht glauben. „Mein Gott, wie furchtbar. Da müssen wir doch zu Ihnen stehn, alle wie ein Mann.“

„Es soll sich, wie gesagt, nur um eine Formalität handeln. Aber die Fremdsprache macht mir Sorge. Ich bin vollständig aus der Übung, hab’s nie gebraucht. Lateinisch kann man sich schneller wieder aneignen. Was würden Sie beispielsweise...?“

„Ja, Lieber, Sie wollen nun natürlich wissen, was ich für Sie tun kann.“

„Nein, um Himmels Willen, denken Sie nicht etwa...“

„Ach was, Sie erwarten, dass ich Ihnen helfe. Und das ist doch auch ganz selbstverständlich.“ Er legt mir vertraulich die Hand auf den Arm. „Wir stellen fest, was Sie noch können, und dann bekommen Sie einen Text, den Sie..., ein Ovid-Gedicht..., wir bereiten das ein bisschen vor..., alles klar..., wenn’s eine Formalität ist, ich bitte Sie.“

Ich atme auf. Martens und ich werden es schaffen. Er wird mir einen Wink geben. Hat Ovid überhaupt viel geschrieben? Vielleicht kann man den ganzen Ovid vorbereiten oder sich ein paar Zettel einstecken. Ich habe immer Verständnis gehabt für die kleinen und größeren Mogeleien der Schüler, habe niemals jemanden hereingerissen und mir damit so etwas wie ein moralisches Recht erworben, auch meinerseits ein paar kleine Leistungskorrekturen vorzunehmen. Latein ist so gut wie geritzt. Geritzt - Schülerjargon, ich stelle mich schon ein bisschen um.

Für die Prüfung als Externer habe ich folgenden Plan: Als schriftliche Prüfungsfächer wähle ich Deutsch, Lateinisch, Mathematik und Kunsterziehung. Ich habe die Bestimmungen genau studiert und den günstigsten Weg gewählt. Deutsch macht mir natürlich keine Schwierigkeit, auf dem Gebiet der Bildenden Kunst bin ich ebenfalls einigermaßen zu Hause. Lateinisch wird sich mit Martens' Hilfe finden, und in Mathematik nehme ich eine Sechs in Kauf. Ich werde ein leeres Blatt abgeben. Die ungenügende Note ist durch die gute Note in Deutsch ausgeglichen. Ich könnte mich natürlich auf Mathematik vorbereiten, aber es würde seine Zeit dauern, und ich will das Ganze schnell hinter mich bringen. Wenn es anfängt, sich herumzusprechen, soll es schon vorbei sein. Dann ist es nichts als ein Witz gewesen. 'Oberstudienrat muss sein Abitur nachholen', ein Kuriosum, alles ausgestanden, eigentlich nur ein Ulk.

Auf die schriftliche Prüfung folgt allerdings noch eine mündliche in acht Fächern. In Deutsch, Lateinisch, Mathematik und Kunst wird es laufen wie im Schriftlichen. Ergebnis: Mathematik ungenügend, ausgeglichen durch Deutsch. Hinzu kommen noch vier weitere Fächer: Gemeinschaftskunde, Biologie, Physik und Französisch. Gemeinschaftskunde kein Problem, eines meiner Unterrichtsfächer. Biologie, gewünschtes Thema: Verhaltensforschung, erfordert einiges an Vorbereitung, aber manches ist mir geläufig. Physik ist gefährlicher, Grundkenntnisse fehlen mir, ich muss ein Thema wählen, das in philosophische Fragestellungen mündet, Kybernetik und Logik, Relativitätstheorie und Kantsche Raum-Zeit-Kategorien. Es muss sich noch ein Kollege finden, der willens und imstande ist, darauf einzugehen. Französisch endlich lasse ich sausen (Schülerjargon!), niemand soll sich über mein Radebrechen amüsieren. Tabula rasa: Ungenügend. Durch Gemeinschaftskunde ausgeglichen. Je mehr ich darüber nachdenke, desto zuversichtlicher sehe ich der Prozedur entgegen. Alle Kollegen werden mir helfen, oder zumindest doch die meisten, jedenfalls werden sie mir keine Schwierigkeiten machen, wenn ich auch nicht allen unbedingt trauen darf.

Ich gebe meinen Unterricht wie eh und je. Trotz alledem. Gemeinschaftskunde im 12. Jahrgang. Ich bin gut präpariert, habe vor, eine Musterstunde zu geben. Ein nicht ganz gültiges Reifezeugnis vor vielen Jahren, was heißt das schon. Meine Identität als Lehrer wird dadurch nicht beeinträchtigt. Ich bin, was ich immer war, ein guter Lehrer, und die Schüler sind meine Freunde.

Französische Revolution. Constituante, Législative, Nationalkonvent - Theorie. Aber Marats Tod in der Badewanne, Krätze am ganzen Körper oder noch etwas Schlimmeres, das feuchte Tuch um die Stirn, Linderung im lauen Wasser und Arbeit noch unter diesen Verhältnissen. Das Mädchen mit dem Dolch daneben. Blut im Badewasser, eine nackte, gelbe Leiche mit rötlichen Ekzemen. Würdeloses Ende eines großen Mannes, ja, eines großen Mannes, eines großen Sozialisten, der vielleicht den Weg der Revolution anders bestimmt hätte, der es vielleicht fertiggebracht hätte, sie nicht in der Reaktion enden zu lassen. Jawohl, so sehe ich es! Ich bin bestens vorbereitet, habe zeitgenössische Quellentexte mitgebracht, trage einen Stapel Bücher unter dem Arm. Ich will sie auf den Lehrertisch legen, zögere, die Tischplatte ist voller Wasserspritzer, Kreide dazwischen, auseinandergeschmiert. Hinter dem Tisch ein verschrammter Schülerstuhl mit niedriger Lehne. Die Schüler hängen in den weit aufgerissenen Fenstern, grölen hinaus, nehmen kaum Notiz von mir. Ich stehe starr neben dem Tisch, die Bücher unter dem Arm, sage kein Wort, stehe nur da. Es dauert eine Weile, bis auch der letzte sich auf seinen Platz gesetzt hat, noch ganz außer Atem und offenbar bester Laune.

„Stellen Sie die Tische ordentlich hin." Meine Stimme ist verhalten. „Machen Sie die Fenster zu!" Rücken mit den Tischen, einer schließt die Fenster. „An diesem verdreckten Tisch soll ich doch wohl nicht sitzen." Schon etwas lauter, leichtes Beben in der Stimme. Schweigen breitet sich aus. Ich schaue einen Schüler scharf an, er windet sich noch ein wenig, dann quält er sich hoch, nimmt den Tafellappen und reibt meinen Tisch ab, so gut es geht. Ich lege meinen Stapel Bücher hin. Die Lust auf Marat, Sozialismus, Blut und Badewanne ist mir vergangen. Der Boden voller Kreidestummel und Papierknäuel, ein Knoten in einem der Fenstervorhänge. „Was bildet ihr euch eigentlich ein!" Ich steigere mich, schreie, greife mir eines der Bücher und lasse es auf die Tischplatte knallen. Die Schüler sehen mich mit Interesse an. „Eine Unverschämtheit! In der Form nicht, meine Herren! Bildet euch das nicht ein. Nicht mit mir. Ich bin weiß Gott nicht kleinlich, aber in dieser Form...!" Mir fehlen die Worte, was kann man sagen in solcher Lage. Ich sammle zwei Stücke Kreide auf, die am Boden liegen, sammle sie eigenhändig auf, glaube, dass diese Geste die Schüler beeindrucken wird. Will mich setzen..., der Stuhl..., eisige Wut steigt auf. Ich beginne sehr leise: „Der schlechteste Stuhl in der Klasse..., für mich gerade richtig, wie? Ich verlange weiß Gott nicht viel, ich verlange keinen Polstersessel, nicht einmal einen Stuhl mit Armlehnen, aber ich verlange..." -jetzt mit steigender Lautstärke- „ich verlange, dass hier vorn einer der Stühle mit einer vernünftigen Rückenlehne steht. Mir einen solchen Stuhl hinzustellen, das ist...," -jetzt ganz leise- „eine Kränkung ist das, ich sehe darin eine persönliche Kränkung. Und bitte, wenn Sie mich kränken wollen, dann nehme ich das zur Kenntnis, bitte sehr, ich werde mein Verhalten dann danach ausrichten...!" Ich stehe noch immer neben dem Stuhl, denke gar nicht daran, mich auf diesen Stuhl zu setzen, halte Ausschau nach den Stühlen mit höherer Lehne, in denen sich Schüler flegeln. Einer erträgt es nicht mehr, bringt mir seinen Stuhl, nimmt dafür den anderen, den kümmerlichen mit der niedrigen Lehne und dem Keilfuß. Ich schaue ihn giftig an. Er sucht den Blick seiner Kameraden, fürchtet wohl, sein Verhalten könnte als Liebedienerei aufgefasst werden.

„Ich habe den Stuhl nicht von hier vorn weggenommen", sagt er, ein bisschen verschreckt.

Reinhard, noch einer der Vernünftigsten, sagt mit dunkler Stimme:

„Der Stuhl stand schon da, als wir von der Pause hereinkamen."

„Dann stellt einen anderen hin." Ich setze mich, beruhige mich langsam. Aber die Stunde ist hin. Marats Tod in der Badewanne, nichts davon. „Ich möchte mit Ihnen eine Hausaufgabe vorbesprechen", sage ich tonlos, denke nach, denn die Hausaufgabe war gar nicht geplant.

„Wir verstehen nicht ganz, warum Sie sich über den Stuhl so aufregen", sagt Rüdiger, der weiß, dass er sich mir gegenüber einiges leisten kann. „Wir haben ihn nicht absichtlich hingestellt, und außerdem..., wir sitzen auch nicht besser darauf."

Was soll ich dazu sagen? Soll ich von Autorität, von höherem Alter und Erziehungsauftrag sprechen? „Ein gewisses Maß an Achtung kann ich verlangen", sage ich. „Und wenn hier schlechte Stühle im Klassenraum sind, dann sitzt ihr drauf und nicht ich, damit das klar ist." Es bleibt bei der Hausaufgabe. Die Stunde ist hin.

Inzwischen ist in aller Diskretion meine Prüfung angelaufen. Alles ist bestens geregelt. Der Kollege Hansen, der mir das Deutsch-Thema gab, empfand das Absurde der Situation. Er glaubte sich mehrfach entschuldigen zu müssen. Kollege Hansen prüft mich..., auf meinem eigenen Fachgebiet! Ich will nichts Negatives über ihn sagen, aber ich glaube nicht, dass er mir gewachsen ist. Wenn ich ganz ehrlich bin, muss ich sogar sagen, dass er mir nicht das Wasser reichen kann. Kollege Hansen stand also vorn, der Direktor reichte ihm den versiegelten Umschlag mit den vier Themenvorschlägen. Drei davon sind vom zuständigen Dezernenten im Ministerium angekreuzt worden..., ach Gott, das Altbekannte, ich habe selber schon etliche Male dort vorn neben dem Direktor gestanden und den versiegelten Umschlag geöffnet. Eine Farce diesmal.

Ich habe den deutenden Vergleich dreier Zitate gewählt:

'Zu einem tugendhaften Leben ist ein gewisses Maß an Komfort nötig.' (Thomas von Aquin)

'Erst kommt das Fressen, dann kommt die Moral.' (Brecht)

'Genießen macht gemein.' (Goethe)

Ein einfaches Thema, eigentlich nicht ganz auf der Höhe der Zeit. Neuerdings werden Texte gegeben mit einer Aufgabenstellung dazu. Der Kollege Hansen hat es gut gemeint, aber er hätte anspruchsvollere Themen wählen sollen. Die anderen beiden gaben mir noch begrenztere Möglichkeiten, mich zu entfalten. Jedenfalls, die Eins ist mir sicher. Ich freue mich schon auf die mündliche Prüfung, sie wird für den Kollegen Hansen nicht leicht werden.

Heute also der zweite Akt der Komödie: die schriftliche Prüfung in Lateinisch. Vorn steht der Kollege Martens, neben ihm der Direktor mit dem versiegelten Umschlag, hier sitze ich als Prüfling. Wir alle Figuren einer Komödie. Martens hat sich sehr anständig gezeigt. Der versiegelte Umschlag birgt keine Geheimnisse für mich, aber das bleibt ganz unter uns. Zwei Texte stehen zur Wahl: Ausschnitte aus Ciceros 'Verschwörung des Catilina' und aus der 'Germania' des Tacitus. Mir inhaltlich geläufig, für die Details habe ich in meinem linken Strumpf die Cicero-Übersetzung, im rechten die Tacitus-Übersetzung. Schmale Heftchen, wie sie die Schüler benutzen. Der Kollege Martens wird in den ersten beiden Stunden die Aufsicht führen und dabei Arbeitshefte korrigieren. Sie liegen schon vorn auf dem Lehrertisch. Für mich ist nur noch fraglich, ob ich an den rechten oder an den linken Strumpfschaft heran muss. Ich hätte die beiden Übersetzungen auch einfach in meine Jackentaschen stecken können, aber irgendwie schien mir das Strumpfversteck stilvoller. Ich bin entschlossen, den Spaß mitzumachen. Im Augenblick allerdings erfüllt es mich mit Unruhe, dass ich nicht sicher bin, ob der Cicero im linken Strumpf steckt und der Tacitus im rechten oder ob es nicht vielmehr umgekehrt ist. Ungünstig auch, dass ich das Hosenbein hochschieben muss, um an den oberen Rand der Kniestrümpfe zu gelangen, und die beiden Übersetzungen sind tiefer gerutscht, als sie sollten. Ich hätte den Spaß doch nicht zu weit treiben, die Übersetzungen ganz normal in die Jackentasche stecken sollen.

Der Direktor steht also neben dem Kollegen Martens und reicht ihm den versiegelten Umschlag. Es kann eigentlich gar nichts mehr schief gehen. Morgen die Mathematikprüfung. Ich gebe einen leeren

Bogen ab. Ungenügend. Es wird nur ein paar Minuten dauern, der Kollege ist bereits unterrichtet. Dann noch die schriftliche Prüfung in Kunst, ein Bildvergleich wahrscheinlich, kein Problem für mich. Der Kollege Hagemann, Mathematik, wird mich auch in Physik prüfen. Er ist schon dabei, sich auf die Kantschen Raum-Zeit-Kategorien vorzubereiten! Der Kollege Hansen, Deutsch, prüft mich auch in Gemeinschaftskunde, meinem zweiten Unterrichtsfach. Dann noch der Kollege Kahlenbach, der sich mit mir über Konrad Lorenz' Buch 'Das sogenannte Böse' unterhalten will. Nur mit dem Kollegen Endrulat hat es eine kleine Schwierigkeit gegeben. Er hat die mündliche Prüfung in Französisch übernommen und besteht darauf, dass ich wenigstens den Versuch mache, einen einfachen Text zu übersetzen und ein paar Fragen auf Französisch zu beantworten. Aber ich habe wenig Lust, meine kümmerlichen Kenntnisse zur Schau zu stellen. Ich werde mich weigern, überhaupt etwas zu sagen. Ein Ungenügend in einem zweiten Fach, das nur mündlich geprüft wird, kann ich vertragen. Und schließlich ist das Ganze ja nur eine Komödie. Ich bin ein alterprobter Lehrer und kein Schüler, der vor seinem Schulabschluss steht. Obwohl ich im Augenblick vor Martens und dem Direktor wie ein Schüler sitze und sie mich von oben herab mustern.

Martens reißt den Umschlag mit einem seiner dicken Finger auf. Er nimmt den Inhalt heraus, zieht überrascht die Augenbrauen hoch, sieht den Direktor an, reicht ihm die Blätter zu. Der Direktor schaut lange hinein, nickt zustimmend, zuckt die Achseln und reicht Martens die Schriftstücke zurück. Martens sieht ihn an, sieht mich an, zuckt ebenfalls die Achseln, reicht mir den Text, zuckt dabei noch einmal ganz unauffällig die Achseln. Der Direktor sagt: „Toi, toi, toi! Vier Zeitstunden also", nickt mir aufmunternd zu und geht.

Ich sehe mir den Text an. Cicero, na also. Die Textstelle steht sogar darüber. Es juckt an der rechten Wade, wo der Cicero im Strumpf steckt. Oder steckt er links? Ich schaue mir die Stellenangabe genauer an. Von Catilina ist nicht die Rede. Ein anderer Text etwa? Ich bleibe ganz ruhig. Ein anderer Text. Cicero zwar, aber nicht aus der 'Verschwörung des Catilina'. Ich überfliege die Zeilen, Wörter ohne Zusammenhang für mich.

Hier und dort einmal eine bekannte Vokabel, die Satzkonstruktionen undurchschaubar. Hoffnungslos, da hilft weder der Cicero im linken Strumpf noch der Tacitus im rechten, oder umgekehrt.

„Die Behörde hat einen anderen Text gewählt", sagt Martens leise und wie nebenbei.

„Aber dazu hat sie doch nicht das Recht!" Ich spreche viel zu laut. „Sie muss sich doch an die beiden Texte halten, die Sie eingereicht haben!"

Er schüttelt den Kopf. „Anscheinend hat sie das Recht. Ich muss mich daran halten. Tut mir leid." Er sagt es sehr kühl, als ginge es ihn gar nichts an.

„Ich kann den Text nicht übersetzen. Das wissen Sie genau."

„Ruhig, ruhig. Versuchen Sie es doch wenigstens."

Ich versuche es. Gleich der erste Satz, das ‘cum’, ein ‘cum’...! Sinnlos, ich habe alles vergessen. Trotzdem, weiter: Der erste Satz, ich gebe ihn auf. Der zweite, wohl noch schwieriger, der dritte, vierte, ich ahne nicht einmal den Inhalt.

Martens geht unruhig auf und ab. Ich sehe ihn drohend an. „In der Mathematikprüfung gebe ich einen leeren Bogen ab. Alles hängt an diesem blödsinnigen Text. Helfen Sie mir, ich bin sonst durchgefallen."

„Ich möchte doch bitten, etwas leiser, ja! Noch mehr Hilfe können Sie nicht erwarten."

„Sie stecken sowieso schon mit drin." Ich sage es, ohne es eigentlich zu wollen.

Er sieht mich lange an, schweigt, schüttelt den Kopf. „Für so mies möchte ich Sie nicht halten. Denken Sie einmal nach über das, was Sie eben gesagt haben."

„Entschuldigen Sie...", stammle ich. „In meiner Lage...!"

„Außerdem können Sie gar nichts beweisen. Und jetzt lassen Sie mich in Ruhe mit Ihrem Kram!" Er wird plötzlich grob, fixiert mich mit seinen runden Augen, die Zähne werden sichtbar.

Ich gebe auf, lasse den Text und die leeren weißen Bogen auf dem Tisch liegen, schleiche zur Tür, als wäre Martens gar nicht da. Die Tür fällt ins Schloss. Aus.

Der Direktor wartet eine Weile, bis er mich auffordert, Platz zu nehmen, sitzt hinter seinem Schreibtisch und ordnet Papiere. Blickt mich nicht an. Schweigt. Dann, fast klagend: „Ich muss sagen, Sie haben mich doch sehr enttäuscht. Ich hatte mich so für Sie eingesetzt...! Sie haben mich wirklich enttäuscht."

Ich blicke schuldbewusst. „Ich kam mit dem lateinischen Text nicht zurecht, und in Mathematik hatte ich von vornherein eine nicht ausreichende Note einkalkuliert..."

„Aber so kann man doch nicht an eine Prüfung herangehen, mit solchen Berechnungen. Von einem Schüler kann man das vielleicht nicht anders erwarten, aber von Ihnen..."

Ich blicke zu Boden, schäme mich.

Der Direktor schaut auf seine Fingernägel. „Mir ist nicht recht klar, weshalb Sie mit dem Cicero-Text überhaupt nichts anfangen konnten. Sie hatten doch Cicero angegeben, und Sie haben einen Cicero-Text bekommen, durchaus angemessener Schwierigkeitsgrad, zwar nicht den Text, den Herr Martens für Sie vorgeschlagen hatte...." Er räuspert sich betont.

„Meine Nerven haben versagt. In meinem Alter, in einer Abiturprüfung, nach all den Jahren." Ich schaue ihn um Verständnis bittend an.

„Trotzdem. Wir alle müssen es sehr bedauern, dass Sie die Prüfung abgebrochen haben. Leichter konnten wir es Ihnen nicht machen. Jetzt müssen Sie die Folgen tragen."

Ich sinke um einige Zentimeter zusammen.

„Trotz allem", er spricht wieder ganz väterlich zu mir, „trotz allem habe ich eine gute Nachricht für Sie."

Ich horche auf. Hat die Behörde beschlossen, auf eine Prüfung zu verzichten?

Er blickt mich gütig an. „In Anerkennung Ihrer Verdienste als Lehrer an unserer Schule sieht das Ministerium davon ab, Sie vom Dienst zu suspendieren. Der Beamtenstatus bleibt Ihnen also erhalten."

Ich zeige weniger Freude, als er erwartet hat.

Etwas kühler fährt er fort: „Für einen Zeitraum bis zu einem Jahr sind Sie mit sofortiger Wirkung beurlaubt. In diesem Zeitraum

60

haben Sie Gelegenheit, das Zeugnis der Reife zu erwerben. Ihre Dienstbezüge werden allerdings gekürzt. Das ist unter diesen Umständen selbstverständlich."

Ich kann nichts sagen. Er klopft mir auf die Schulter. „Nehmen Sie Privatunterricht. Eine kleine Auffrischung unserer Allgemeinbildung täte uns allen gut. Nutzen Sie die Chance!" -

Die niedrige Lehne meines Stuhls drückt im Rücken. Ich muss ganz aufrecht sitzen, dann ist es zu ertragen. Hinter den breiten Schultern meines Vordermanns sitzt es sich gut. Obwohl ich mich nicht zu verstecken brauche. Meine Schonfrist dauert noch mindestens ein Vierteljahr. Ich sitze hier nur unter den Schülern und höre zu, versuche das Zahlengewirr zu durchdringen, das der Kollege Dr. Bruster mit nicht ganz leichter Hand auf die Tafel wirft. Ich glaube, dass mein Entschluss richtig war, dem Unterricht beizuwohnen, wenn mir auch gelegentlich Zweifel kommen. Gerade augenblicklich packen sie mich ziemlich heftig.

Ich sitze hier unter den Schülern als Gasthörer sozusagen. „Mensch, Herr Doktor, klasse, Sie so als Schüler mit uns zusammen!" Ich habe mich anfangs etwas abseits hingesetzt, fast wie der Direktor, wenn er einen Unterrichtsbesuch macht. Ich höre eben ein bisschen zu, weil ich meine Kenntnisse in den Fächern auffrischen will, die ich nicht selber unterrichte. Die Schüler akzeptieren das. Aber dass ich selber keinen Unterricht mehr gebe, mich habe beurlauben lassen, um meine Kenntnisse aufzufrischen, das musste ihnen auffallen, das musste auch den Eltern auffallen.

Mein Fall wurde im Elternbeirat diskutiert. Jemand machte einen schwachen Versuch, ein Protestschreiben an den Kultusminister zu senden, weil die Schule nun wieder eine Lehrkraft weniger habe. Man wollte auf meine langjährige Tätigkeit hinweisen, aber der Direktor beeilte sich bekanntzugeben, dass das Ministerium für die Dauer meines Ausfalls einen Referendar als Vertretung entsenden werde. Unter diesen Umständen sah der Elternbeirat keine Möglichkeit einzugreifen.

Es hat keinen Sinn mehr, dass ich mich abseits von den Schülern hinsetze. Ich habe es eine Zeitlang noch getan, auch als alle schon Bescheid wussten, aber sie haben es mir vergolten, indem sie mir ständig den wackligsten Stuhl mit der niedrigsten Lehne hinstellten. Jetzt sitze ich wie sie am Tisch, habe einen Neben- und einen Vordermann. Der Stuhl allerdings mit der niedrigen Lehne ist mir geblieben. Ich bin soweit, dass ich ihn willig akzeptiere, wenn ich an meinen Platz gehe.

Ich könnte mich bequem zurücklehnen, wenn der Stuhl es zuließe, denn ich brauche keine Furcht zu haben, dass Dr. Bruster mich aufruft und mich zwingt, meine Unkenntnis an der Tafel zu demonstrieren. Dabei verstehe ich allmählich schon einiges. Ich habe privat intensiv gearbeitet, es beginnt sich auszuwirken, auch wenn mir der rechte Durchblick noch fehlt.

Trotz allem, mein Entschluss war richtig. Der Direktor hat sich gegenüber der Behörde sehr für mich eingesetzt und erreicht, dass mein Schulabgangszeugnis von 1943 als Vorabitur anerkannt wird. Damit hatte ich die Möglichkeit, die leidigen Sprachen gänzlich ruhen zu lassen, wenn ich mich für den mathematischen Zweig entschied. Jetzt brauche ich mich nur noch in fünf Fächern auf die Reifeprüfung vorzubereiten: In Deutsch, Mathematik und Physik muss ich eine schriftliche Arbeit anfertigen, als mögliche mündliche Prüfungsfächer kommen noch Gemeinschaftskunde und Biologie hinzu. Deutsch, Gemeinschaftskunde und Biologie sind kein Problem für mich (Es bleibt in Biologie bei dem 'Sogenannten Bösen'!), es sind also nur Mathematik und Physik als ernste Hindernisse übrig. Für die Vorbereitung auf die Prüfung habe ich ein ganzes Jahr Zeit und bekomme währenddessen sogar noch einen Teil meiner Bezüge. Will ich diese Vorteile in Anspruch nehmen, muss ich allerdings den Status eines Schülers akzeptieren. Als Nichtschüler wäre ich zu der schwierigen Externenprüfung in acht Fächern genötigt, die mich schon einmal zu Fall gebracht hat. Auf *unsere* Schule bin ich angewiesen, weil keine andere Schule einen Schüler meines Alters in die Abschlussklasse aufnehmen würde, und unser Direktor kommt mir in jeder Weise entgegen. Wenn ich darüber nachdenke, und ich denke oft darüber nach, muss ich immer wieder sagen, dass mein Entschluss richtig war. - Auch wenn ich mir von der Haltung meiner Mitschüler etwas mehr versprochen hatte.

Vielleicht war es ein Fehler, mich mit ihnen zu fraternisieren. Ich habe alle zu einem Bierabend in meine Wohnung eingeladen, 16 Personen, alle Möbel und Matratzen besetzt und belegt, sechs Kästen Bier, diverse Flaschen Korn, ich will mich nicht lumpen lassen. Obwohl ich jetzt mit jedem Pfennig rechnen muss, wo mir das Gehalt gekürzt ist. Meine Klassenkameraden, so muss ich sie nun wohl nennen, haben 'ne satte Runde geschluckt', wie sie zu sagen pflegen. Mehrere Gläser umgekippt, drei Brandstellen in den Polstern. Auf dem Höhepunkt des Abends fing einer an, mich zu duzen, alle fanden es großartig, und ich konnte mich dem nicht entziehen. Wir haben Brüderschaft getrunken, sie sagen jetzt 'Doktor' und 'du', und ich habe mich zunächst ganz wohl dabei gefühlt. Aber so gänzlich uneingeschränkt möchte ich nun auch wieder nicht zu ihnen gehören, und sie sind auch keineswegs geneigt, mich als ihresgleichen anzunehmen. Durch das Du wird die Barriere nicht überwunden, im Gegenteil, das Du wirkt gekünstelt und betont sie eher noch, auch wenn die Schüler mir gegenüber einen recht jovialen Umgangston anwenden. Eigentlich möchte ich ihren Ton sogar ruppig nennen, ja, mir scheint schon manchmal die Kennzeichnung 'unverschämt' am Platze.

Der Stuhl mit der niedrigen Lehne und dem Keilfuß zum Beispiel! Anfangs eine scherzhafte Vergeltung für meinen allgemein bekannten Stuhl-Tick, inzwischen eine bewusste Demütigung. Ich ernte drohende Blicke, wenn ich mir einen anderen Stuhl greifen will. Man verlangt, dass ich ihn annehme - als ein täglich zu wiederholendes Eingeständnis meines Absturzes.

Einmal habe ich nach dem Unterricht freiwillig die Tafel gesäubert, um meinen Mitschülern zu zeigen, dass ich keine Sonderrechte beanspruche. Aber diese einmalige Demonstration hat ihnen nicht genügt, sie nötigen mich immer wieder, nach dem staubigen Tafellappen und dem nasskalten Schwamm zu greifen, durch Seitenblicke oder auch ganz direkt, indem sie mir Schwamm und Lappen in die Hand drücken. Manchmal bin ich fest entschlossen, auf den Tisch zu schlagen und die alte Distanz wiederherzustellen, es wenigstens zu versuchen, aber ich kann es nicht auch noch mit den Schülern verderben, dazu ist meine Lage zu ernst.

Seit gestern darf ich das Lehrerzimmer nicht mehr betreten. Man wirft mir vor, den Schülern den Termin einer schriftlichen Arbeit mitgeteilt zu haben, der geheim bleiben sollte. Geplante Arbeiten werden in ein dafür angelegtes Heft eingetragen, damit sich Planungen nicht überschneiden. Die Schüler hatten mich gebeten, den Termin einer Physikarbeit zu erkunden, ich habe mich gesträubt, so gut es ging. Schließlich baten sie nicht mehr, sondern forderten. Ich müsse mich auf ihre Seite stellen, meine Lehrerhemmungen ganz ablegen. Mein Widerstand reizte sie, die Erkundung des Termins als eine Art Prüfstein für meine Zugehörigkeit hinzustellen. Mehr noch: die Erkundung des Termins wurde für sie zum Ritual, das einer Aufnahme in ihren Kreis zwingend voranzugehen hatte. Ich habe schließlich nachgegeben, ihnen den Termin verraten. Prompt kam heraus, dass der Termin bekannt geworden war, und nun verlangte die Bande von mir, ich müsse mich freiwillig stellen, um Repressionen von ihnen abzuwenden. Einen Vormittag lang habe ich mich zu weigern versucht, aber ihre Haltung wurde drohend, einer stieß mich sogar mit der Schulter und hielt mir, spaßeshalber zwar und nur als Geste, die geballte Faust unter das Kinn. Ich habe nachgegeben, um ihnen zu zeigen, dass ich mich zu ihnen zähle und Freud und Leid des Schülerdaseins mit ihnen teilen will.

Ich fürchtete schon, in dieser Angelegenheit zum Direktor bestellt zu werden, aber der Direktor kümmert sich in letzter Zeit nicht mehr so wie zu Anfang um meine Schwierigkeiten. Selten, dass er mich auf dem Korridor anspricht, wenn er mich im Vorbeigehen zufällig wahrnimmt. Trotzdem habe ich den Eindruck, dass er immer noch mit einer Spur von stillem Einverständnis zurückgrüßt.

Ins Lehrerzimmer bin ich schon seit längerer Zeit nur noch selten gegangen. Die Kollegen schauten mich scheu von der Seite an und fanden kein Gesprächsthema mehr. Ich möchte nicht behaupten, dass sie mich wie einen Aussätzigen behandelten, aber immerhin doch wie jemanden, der an einer ansteckenden, sehr gefährlichen Krankheit leidet. So ist es nicht weiter verwunderlich, dass man die erste Gelegenheit benutzte, mich aus dem Lehrerzimmer zu verbannen.

Damit bin ich jetzt gänzlich den Schülern ausgeliefert. „Gut so für dich, Doktor, dann gewöhnst du dich leichter bei uns ein!" Schlag auf die Schulter, ein bisschen zu heftig.

Die Verbannung aus dem Lehrerzimmer macht mir wirklich kaum etwas aus, aber ein weiteres Verbot kam hinzu, das mich dann doch empört. Mir wurde nahegelegt, die Lehrertoilette nicht mehr zu benutzen! Dabei habe ich sie in meinen langen Dienstjahren nur ganz selten aufgesucht. Niemand kann sich durch mich gestört gefühlt haben, auch der Direktor nicht, der mit uns dieselbe Toilette benutzt. Niemals habe ich mich, wenn ich beim Eintreten schon einen Kollegen am Becken hantieren sah, einfach an das Nachbarbecken gestellt, stets bin ich wieder hinausgegangen und habe gewartet, bis er fertig war. Und es gehört zu meinen peinlichsten Erinnerungen, wie ich einmal ein Abteil fast gleichzeitig mit dem Benutzer des Nachbarabteils verließ und feststellen musste, dass es der Direktor war. Er überwand die Situation durch ein Scherzwort, aber es ist natürlich denkbar, dass es ihn geniert hat. Keinesfalls jedoch möchte ich ihm unterstellen, dass mir die Benutzung der Lehrertoilette auf sein Betreiben hin verboten wurde.

Die Schüler nehmen es mir auch ein wenig übel, dass mir einige Erleichterungen eingeräumt worden sind. Anfangs musste ich noch am Unterricht in Deutsch und Gemeinschaftskunde, meinen Fachgebieten, teilnehmen. Der Direktor versprach sich davon eine wesentliche Bereicherung des Unterrichts. Für mich entstand die Schwierigkeit, dass ich mich einerseits zurückhalten musste, um den Schülern nicht ständig mit meinen Antworten und Beiträgen zuvorzukommen, dass ich mich aber andererseits ihrem Spott aussetzte, wenn ich mich selten zu Wort meldete. Ich muss allerdings einräumen, dass die Fragen und Arbeitsaufträge des Kollegen Hansen häufig so formuliert waren, dass auch ich keine rechte Antwort darauf wusste. Ich glaube sicher, dass ich daraus für meinen eigenen Unterricht gelernt habe und bestimmte Fehler zukünftig vermeiden kann, - wenn ich überhaupt noch eine Zukunft als Lehrer habe. Manchmal bin ich schon fast entschlossen, alles hinzuwerfen...

Die Befreiung von den Fächern Deutsch und Gemeinschaftskunde ergab sich aus einem Streit mit dem Kollegen Dombrowsky. Unsere politischen Ansichten gehen auseinander, und ich brachte ihn in Gemeinschaftskunde durch meine Argumente mehrfach in Verlegenheit. Er ging schließlich so weit, zu erklären, er wolle den Unterricht niederlegen, wenn ich noch weiter daran teilnähme. Er hat mehrere Gespräche mit dem Direktor geführt, ich wurde nicht hinzugezogen, ja, nicht einmal gehört, aber das Ergebnis war in meinem Sinne: Ich wurde vom Unterricht in Gemeinschaftskunde befreit und logischerweise damit auch vom Unterricht in Deutsch, meinem zweiten Lehrfach.

Außerdem nehme ich nicht am Sportunterricht teil. Wenigstens konnte ich dies bisher erreichen. Ich bin ein bisschen unbeholfen in körperlichen Dingen, kann meine Bewegungsabläufe schlecht koordinieren, leide an Senkfuß und trage eine Brille. Auch macht das Alter sich schon ein bisschen bemerkbar, ich habe Übergewicht und bin kurzatmig geworden. Es wäre eine Zumutung, mich mit den Schülern zusammen Sport treiben zu lassen. Dass dies für mich nicht in Frage kam, habe ich immer für selbstverständlich gehalten. Ich bin jetzt aber etwas in Sorge. Ich kann mich des Eindrucks nicht erwehren, dass der Direktor mich zur Teilnahme nötigen will. Nicht aus Bosheit, sondern als kleine, nicht unbedingt ernstgemeinte Vergeltung für meine distanzierte Haltung zum Sport, aus der ich während meiner Dienstzeit als Lehrer kein Hehl gemacht habe. Der Direktor ist ein Sportfanatiker und gehört sicher zu denen, die am liebsten jedem Staatsbürger bis ins Greisenalter die tägliche Sportstunde zur Pflicht machen möchten. In guter Absicht natürlich, nicht aus Schikane. Dass er zu Schikanen neigt, möchte ich ihm selbst jetzt noch nicht unterstellen.

Wenn ich weiterhin von der Teilnahme am Sport entbunden bleiben will, muss ich ein amtsärztliches Attest vorlegen. Ich habe mich bereits darum bemüht, hatte aber bisher keinen Erfolg. Dabei habe ich mir alle Mühe gegeben. Während der 20 Kniebeugen zum Beispiel, die ich zum Beweis meines Herzleidens machen musste, habe ich die Luft angehalten, um einen möglichst beschleunigten Pulsschlag zu erzielen. Aber derlei verfing nicht. Der Amtsarzt, der im übrigen weltanschaulich nicht auf meiner Linie liegt, kam zu dem Ergebnis, dass mir zwei Wochenstunden Sport körperlich recht gut täten. Er hat mich, ich empfand es als Hohn, lediglich vom Boxen befreit, weil ich Brillenträger bin. Dabei wird an unserer Schule überhaupt kein Boxsport betrieben. Auch an Langstreckenläufen über 5000 Meter darf ich nicht teilnehmen. Aber schon 1000 Meter sind für mich zuviel, keine 500 kann ich schaffen! Ich hoffe immer noch, dass mir ein richtiges Sportabitur erspart bleibt. In diesem Fall käme ich nicht um die 1000 Meter herum und könnte nicht vorzeitig aufgeben, weil ich es mir nicht leisten dürfte, auf den Direktor, der die Prüfung abnimmt, einen schlechten Eindruck zu machen. Der Gedanke, dass mich während des Laufs eine Herzschwäche umwirft, erfüllt mich manchmal schon mit Genugtuung. Es gibt sogar Augenblicke, wo mir der Gedanke, nach 500 Metern tot umzufallen, keine Furcht mehr bereitet.

Ich gebe in Sportzeug kein glückliches Bild ab. Der Bauch wird durch den zu engen Gummizug eingeschnürt, darunter die Beine, weiß, dürftig behaart. Ich tue den Kameraden gegenüber so, als wäre es mir gleichgültig, und denke dabei: Wenn ihr in meinem Alter seid, wie werdet ihr dann aussehen, vielleicht nicht anders als ich. Mir kommt es manchmal vor, als stellten sie sich mit ihren glatten Körpern vor mir zur Schau, nur um mich zu beschämen.

Die Sporthalle, gnadenlos weit - Schienen, Taue, Stangen. Geruch nach Schweiß und Bohnerwachs. Wir beginnen mit einigen Laufrunden. Meine Schuhsohlen klatschen auf das blanke Parkett, ich mühe mich ab, meine Beine zu heben, aber nichts von Leichtfüßigkeit und Eleganz. Ich halte mit Mühe den Anschluss.

Gymnastik: Liegestütze, Rumpfbeugen, Kniebeugen, Arme schlagen und stoßen, auf der Stelle hüpfen, grätschen - absurdes Mühen. Schweiß rinnt, Pulshämmern in den Ohren, Haare im Gesicht, Brillengläser beschlagen. Auf der Tribüne sammeln sich Zuschauer. Der Direktor, eine Reihe von Kollegen, die Sekretärin, sie verstecken sich hinter den Pfeilern, verstecken ihr Lachen hinter der vorgehaltenen Hand. Vielleicht sind sie nicht wirklich da, aber für mich ist die ganze Tribüne mit Zuschauern gefüllt. Meine Schenkel werden schwer, Arme und Beine lassen sich kaum noch bewegen, auf meinen Schultern liegen Zentnerlasten.

Ich hänge am Reck, ein schlaffer Sack, hänge nur, überlasse mich ganz den kräftigen Armen der Hilfestellung. Mein Rumpf wird über die Reckstange gehievt, sie quetscht den Bauch zusammen, ich blicke auf, Schwindel packt mich, ich sinke nach vorn, hänge mit dem Bauch über der Stange, pendle, kann nicht vor noch zurück, bekomme einen Stoß, wirble herum, finde mich auf der Matte liegend wieder.

Schlimmer noch die Sprünge, Sprünge über hohe Böcke, Pferde und Kästen, quer und lang, gepolstert mit prallem braunen Leder, aber mit harten Kanten und Ecken. Anlauf - ich pralle gegen den Bock, er kippt ein wenig, die gepolsterte Kante rammt gegen meine Brust. Die anderen schaffen es. Anlauf, Absprung, ein schnelles Grätschen der Beine, kurzer Aufschlag der Hände, hinüber. Sinnlos für mich, es zu versuchen. Am langgestellten Pferd - immer wird nur ein Aufsitzen daraus, ich komme nicht einmal bis zur Mitte. Schlimmste Steigerung: das Sprungtrampolin. Ich wage es zuerst überhaupt nicht, mich mit kräftigem Tritt emporzuschleudern. Die anderen fliegen leicht hinüber, man muss es nur riskieren. Ich nehme allen Mut zusammen, denke an den Direktor und die Kollegen auf der Tribüne und auch an die Sekretärin, wuchte mein ganzes Gewicht auf das Trampolin, werde hochgeschleudert, habe keine Kontrolle mehr über mich, lande irgendwie bäuchlings am Rande der Matte. Die Brille rutscht über das Parkett. Ich taste wie ein Blinder um mich, jemand drückt mir die Brille auf die Nase, ein Glas scheint gesprungen. In meinem Kopfe dröhnt es, es dröhnt vom Lachen meiner Kameraden, vom Lachen des Direktors und der Kollegen. Ich stehe da und versuche mitzulachen. Was bleibt mir übrig.

Umkleideraum: Bänke, Haken, Hosen, Hemden. Körper, sitzend, stehend, hockend. Dunst und Dampf aus dem Waschraum, rohes Geschrei, das Wasser aus den Brausen klatscht auf die Fliesen. Ich will mir nur ein wenig das Gesicht waschen, die klebrigen Hände. Dampf lässt die Brille beschlagen. Ich wische mit den Fingern darüber. Verschwommene Umrisse, nackte Arme, Beine, Rümpfe im Dampf. Fäuste stoßen mich unter eine Dusche, heißes Wasser schießt herab. Hände schlagen auf meinen Rücken, ein klatschender Schlag aufs Hinterteil. Das Wasser kocht, Hemd und Hose kleben am Körper, ich fühle sie gar nicht mehr, rohe Griffe halten mich...! Hilfe! Ich brauche Hilfe!

Niemals werde ich das Abitur erlangen. Ich sinke zurück in gesichtslose Schülermassen, die mich wieder ausstoßen wie einen Fremdkörper. Ich werde zermahlen zwischen Klassenarbeiten, Zeugnisnoten, sinnlosen Versuchen, eine Aufgabe an der Tafel zu lösen.

Keine Hoffnung! Oder doch vielleicht? Doppelgänger, Schatten und Spiegelbild. Deutschunterricht. Eine Vertretungsstunde, nicht der gewohnte Lehrer. Ich schaue in sein Gesicht. Wie in einen Spiegel. Er hat einen Stapel Bücher mitgebracht, liest eine Textstelle vor. Er rückt auf seinem Stuhl hin und her, beugt sich vor, fasst hinter sich an die Lehne, prüft die Festigkeit der Sitzfläche. „Hören Sie mal, wenn ich hier schon eine Stunde geben soll, dann stellen Sie mir wenigstens einen vernünftigen Stuhl hin." Er sieht mich auffordernd an. Ohne es zu wollen, bin ich aufgestanden, greife nach meinem Stuhl, bedenke nicht, dass es ebenfalls einer mit niedriger Lehne ist. Auch der dort drüben ist aufgestanden. Wir stehen uns Auge in Auge gegenüber, Bild und Spiegelbild. Einer sinkt ins Imaginäre, wendet der andere den Blick. Wir sehen uns lange an. Dann ist es soweit: ein leichtes Flackern im Blick, ein Zucken der Mundwinkel, eine leichte Wendung des Kopfes - das Spiegelbild schwenkt ins Wesenlose.

Ich gehe zurück zum Lehrertisch, alte Konturen finden sich neu, achte nicht mehr auf den unzulänglichen Stuhl, nehme ein wenig zögernd eines der Bücher in die Hand. Doppelgänger, Schatten und Spiegelbild. Ich lese noch eine zweite Textstelle vor, blicke die Schüler an. Das Material habe ich ihnen geliefert, jetzt sind sie an der Reihe. Gegen Schluss der Stunde werde ich ein bisschen unruhig.

Der Direktor hat mich zu sich gebeten. Zu einem Gespräch in sein
Amtszimmer...

Dreikampf-Parabel

Man muss es viel tiefer verstehen! Bei solch gesammeltem Ernst, solch verbissener Hingabe. Niemals dürfte es ihnen nur um Zehntelsekunden und Zentimeter gehen. Während ich ihnen zuschaue, kommen mir ganz andere Gedanken. Erführen sie davon, in ihrer muskelbewehrten Beschränktheit würden sie lachen. Ganz und gar geht es ihnen um Zehntelsekunden und Zentimeter, um den körperlichen Akt, jenseits von Geist und Phantasie.

Ich bin keiner von ihnen, aber ich versetze mich manchmal in sie hinein:

Ich bin dann ein Sprinter! Leicht wie eine Feder fliege ich über die Bahn, und doch mit der Wucht eines Geschosses. Wäre es nicht nur ein Band, das meine Brust am Ziel zerreißt, wäre es nicht nur ein Band, sondern eine Mauer: wie ein rohes Ei würde ich daran zerklatschen, wie ein Käfer an der Windschutzscheibe.

Ich fiebre dem Startkommando entgegen, am liebsten ist mir ein Schuss. Unerträglich der Anblick der anderen, die Kopf an Kopf mit mir in der Reihe hocken. Ich sehe starr vor mich hin auf die Bahn, einen Stein ins Auge fassend, ein winziges Sandkorn. Auf das Kommando 'Fertig!' wölbt sich mein Körper empor, ich bin ein gespannter Bogen, und auf 'Los!' schieße ich in die Bahn. Ein einziges Muskelzucken löst alles aus: Meine Schritte kommen wie Spasmen, ich bin ein Motor, die Kolben sind Arme und Beine, stoßend im Rhythmus. Ich bin nur noch Muskel und Sehne, Gelenk und Knochen, Band und Nerv. Mir ist, als raste ich ohne Kopf dahin. Ich sehe mich nicht um, die Augen saugen sich nicht ans Ziel heran, sie registrieren nur weiße Linien, die meinem Lauf die Richtung geben. Sie sehen die Tribüne nicht mit den tausend weißen Gesichtern, die sich wie Teile eines einzigen Körpers von links nach rechts drehen, gebannt meinen Lauf verfolgend. Man feuert mich an, denn immer liege ich vorn. Doch meine Ohren hören das Schreien nicht, sie sind voll vom hohlen Pochen des Herzens, das die Trommelfelle nach innen stülpt. Meine Mundhöhle ist ausgetrocknet und ohne Geschmack, die Zunge klebt am Gaumen hinter den zusammengekeilten Zähnen. Und ich spüre nichts als das trommelnde Stampfen meiner Füße, und ich sehe nicht hinter mich, denn hinter mir kommt es heran.

Ich bin nicht zu schlagen! Ich liege vorn, ganz vorn! Sie holen mich nicht ein, ihre Füße hämmern den Boden, ihre Spikes reißen die rote Bahn auf, schartige Löcher hinter sich lassend. Ihr Atem stößt mir in den Nacken, und wäre ich nicht so schnell, wäre ich nicht so schnell - begeifern würden sie mich. Mit ihren Blicken wollen sie mich halten, ich spüre die Gewalt ihrer Augen, mit übermenschlicher Kraft ziehe ich sie hinter mir her. Sie haften an mir, greifen an meine Schenkel und Hüften, suchen sich an meine Ellenbogen zu klammern, die doch wie die Kolben einer Lokomotive sind.

Würde ich den Kopf wenden, ich könnte ihren fordernden Blicken nicht widerstehen, ich müsste mich ihnen überliefern, zurücksinkend in ihren Sog geraten, im Wirbel vergehen. Aber niemand kann mich erreichen, meine Brust ist eine einzige große Wölbung dem Ziel entgegen. -

Oder ich bin ein Kugelstoßer. 6 ¼ Kilogramm Eisen, zusammengeballt in einer Kugel, einer bleiern glänzenden Kugel, ruhend in meiner Hand, umschlossen von viel zu schwachen Fingern. Dahinter jedoch die gesammelte Kraft meines Arms. Spielend stößt er die Kugel ein paar Mal nach oben.

Ich trete in den Kreis. Erst wenn die Kugel dumpf ihre Bahn beendet, werde ich erlöst daraus sein. Mein ganzer Körper soll sich gegen sie wenden. Bleiern drängt sie nach unten, spiegelt in matten Reflexen das Licht, drückt kalt gegen die Handfläche, widersetzt sich, will meine Finger nach außen biegen. Alles an Widerstand ist in dieser Kugel zusammengeballt. Ich spucke darauf, zerreibe den Speichel. Ich spucke darauf, um sie griffiger zu machen und glatter. Ich spucke darauf, - niemals vergesse ich, vorher darauf zu spucken!

Ein einziger Wille beherrscht mich: sie fortzustoßen in die Freiheit des Flugs, Triumph über Trägheit und Masse. Tief beuge ich mich unter der Last, sie scheint mich zusammenzupressen. Ich wende mich ab von der Richtung des Stoßes, als wagte ich nicht, die vorgesehene

Flugbahn mit dem Blick zu durchmessen. Dann durchpulst mich ein Strom von Kraft, dringt bis in die äußersten Spitzen der Finger, will sich der Kugel mitteilen, sie hineinzwingen in diesen Strom, ihr jeden Widerstand rauben. In einer letzten Aufwallung scheint sich ihr Gewicht noch zu steigern. Es bedarf einer Kraft jenseits allen Maßes, ihre stählerne Feindseligkeit zu besiegen. Gleich einer zusammengepressten Spirale, die auseinander schnellt, bäumt mein qualvoll gekrümmter Körper sich auf, und in machtvollem Bogen tritt die Kugel ihre Bahn an. Mein gestreckter Arm bleibt noch in der Schwebe, weist triumphierend in die Richtung des Stoßes. Mein Blick, frei jetzt und voller Hoffnung, folgt der fliegenden Kugel. Silbern blinkt sie im Licht. Ihrer Schwere beraubt, hat sie alle Feindseligkeit eingebüßt.

Doch voller Unbehagen sehe ich, wie ihre Bahn sich neigt. Und in dem Augenblick, da sie auf den Boden prallt, sich in den Sand bohrt, verliere ich jede Hoffnung. Wie ein boshaftes blindes Auge, hervorquellend aus dem Sand, glotzt sie mich an.

Wieder und wieder muss ich sie besiegen, und doch wird meine Kraft an ihr erlahmen. Wenn meine Muskeln längst schlaff sind, zerfressen von Gicht, wird diese Kugel noch unversehrt sein und Widerstand leisten. Es ist zwar ohne Sinn, aber solange ich kann, werde ich sie stoßen, weit fort, alle Kraft auf sie gewendet. Denn ich weiß: Der Augenblick des Fluges ist meine Hoffnung. -

Oder ich bin ein Weitspringer. Mit Sorgfalt und ohne auf das höhnische Lächeln der andern zu achten, setze ich Fuß vor Fuß, um die Anlaufstrecke genau zu messen. Der Anlauf muss von der Hoffnung beflügelt sein, dass der kreidebeschmierte Absprungbalken nicht einen Millimeter verfehlt wird. Jedes noch so leise Zögern, jeder Schrittwechsel wird den Sprung verderben.

Bevor ich anlaufe, atme ich dreimal tief, setze prüfend das rechte Bein vor, neige Kopf und Schultern und lasse die Arme locker hängen. Nicht an den Absprungbalken denke ich während des Anlaufs, - nur an den Sprung. Hohe, federnde Schritte am Anfang, sich steigernd zu rasendem Lauf. Ein gewaltiger Schwung nach oben, die Beine eng an den Körper gezogen, als weigerten sie sich, den Boden je wieder zu berühren, die Arme verlangend nach vorn gestreckt.

Die Grube ist ein sorgsam bereitetes Beet. Doch ihre Glätte trügt. Es ist weicher Sand, bereit, mich aufzunehmen. Denn am Ende ist es immer ein Fall in die Grube. Unklar noch, wie ich falle, wenn ich mit rudernden Armen das letzte an Weite herauszuholen suche. Meistens falle ich rücklings in den Sand. Die Beine strecken sich zu weit nach vorn, immer muten sie sich zuviel zu. Ich falle in die Grube, dort wo meine Bahn beendet ist. Unmöglich, jetzt noch ein Stück zu gewinnen. Liegend in der Grube, fühle ich meine Niederlage, sehe die Blicke der Umstehenden von oben auf mich gerichtet. Hochmütig, wie man einen am Boden Liegenden betrachtet.

Mein Sprung in die Grube, - ein zweckloses Aufbegehren, ein mühsamer Flug, zentimeterweise der Schwerkraft abgetrotzt.

Ich wage zuerst nicht aufzustehen, aus Furcht, etwas Endgültiges zu tun. Die Sandfläche um mich herum ist zerwühlt wie nach einem Kampf. Habe ich mich dann endlich erhoben und versuche ich beschämt in der Menge des Publikums unterzutauchen, ist es mir, als wiche man vor mir zurück. Und wende ich mich um nach der Grube, die inzwischen mit Schaufel und Harke wieder geglättet wird, kommt sie mir vor wie mein Grab.

Erst wenn mein Blick sich davon gelöst hat und ich entlang der Anlaufbahn zurückgehe, gewinne ich neuen Mut. Ich schreite freier aus, falle in einen leichten Trab, hüpfe auf der Stelle, schlage die Arme nach unten, als wären es Flügel, und merke gar nicht, wie kindisch ich wirke. Denn ich denke schon an den nächsten Sprung, an den Anlauf, den Schwung in die Weite. Ich bin ganz ausgelassen, necke meine Kameraden, sie in die Seite knuffend, und ertrage ihr Lächeln.

Manchmal lasse ich mich im Sprung fotografieren. Ich hänge dann in der Luft, erstarrt, dem Augenblick Dauer verleihend.

Kinder

Ein anderer   Das Schwarz der Pupille weitete sich, die Ränder schienen zu zittern. Der Junge hatte die Handflächen gegen den Spiegel gepresst. Schweiß ließ sie millimeterweise nach unten gleiten, es blieb eine klebrig-weiße Spur. Sein Gesicht verschmolz mit dem Spiegelbild, der Schacht seiner Augen sog ihn ein... Erst als es übermächtig werden wollte, gab es ihn frei. Er löste sich von seinem Bild, hob den Blick aus der Tiefe des Spiegels: die stille Wohnung, der dämmrige Korridor. Er stellte sich das Klirren des Geschirrs in der Küche vor, die Stimmen seiner Eltern.

Die Etagentür hatten sie beim Fortgehen abgeschlossen, aber es hing ein Schlüssel an der Garderobe. Ihn in das Schlüsselloch stoßen, die Tür aufreißen, die Treppe hinunter! Aber es war nach Zehn und Zeit zum Schlafengehen.

Die schwere Decke, das enge Bettgestell. Die schräge Wand darüber schien herabzusinken. Schneewittchen mit den Zwergen auf der Tapete in unendlicher Wiederholung. Auf der Kommode Stofftiere, über dem Bett, festgenagelt, ein ausgesägter Clown.

Der Junge begann sich auszuziehen. Als er sich aus dem Pullover herauspellte, packte ihn die Lust, seine Kleider zu zerfetzen. Aber sie wich, ehe er dazu ansetzte. Er ließ sich auf das Bett fallen und starrte in die Lampe. Von unten konnte er in die nackte Glühbirne sehen. Grünlich-blaue Spuren auf der Netzhaut. Die Wände der Wohnung, die Wände des Hauses umschlossen ihn wie Schalen.

Dann stand er wieder im Korridor. Rechts Badezimmer und Küche, links Wohnzimmer und Schlafzimmer der Eltern, geradevor die Etagentür. Die schwarzen Streifen des Läufers zeichneten den Weg vor. Geleise. Geleise nach draußen. Zwingend. Keine Weichen. Aber als er den Fuß ansetzte, wurde daraus nichts als eine Kehrtwendung. Zurück. Sein Zimmer. Die Bettdecke auffordernd zurückgeschlagen, ein klaffendes weiches Maul.

Planlos öffnete er die Schranktür. Aus den Fächern quollen Kleidungsstücke, Bilderbücher, Spielsachen. Er griff in die Tiefe:

eine pappig-weiche Hülse, eine Maske. Er streifte sie über, rückte sie zurecht, blinzelte durch die Augenlöcher, stellte sich breit vor den Spiegel. Ein fremdes Gesicht, frech grinsend, unveränderbar. Lachfalten, hektisch rote Wangen, ein breites Maul, Fältchen an den Augenwinkeln, aber schwarze, leere Augenlöcher. Ganz nahe am Spiegel, ganz nahe, sah er tief dahinter, im Dunkel, seine Augen. Er zog eine Grimasse..., nichts drang nach außen. Unzerstörbares, fremdes Grinsen. Ihn schwindelte.

Nicht er, ein anderer, Clown auf dem Seil, balancierte auf den schwarzen Strichen des Läufers entlang, die Arme weit ausgebreitet, zog spielend den Schlüssel vom Haken, stieß ihn ins Schloss, ließ die Tür aufschwingen...

Die Tiefe des Treppenhauses tat sich auf. Die Hand am Geländer glitt nach unten. Es war wie ein Fallen, Trommelwirbel und Paukenschläge die Stufen. Die Augenlöcher ließen nur Ausschnitte frei: Wand, Stufen, schwarze Fenster. Dann überschlug sich alles, die Stangen des Geländers schossen an den Augenlöchern vorbei wie die Speichen eines wirbelnden Rades.

Zuerst wollte niemand ihn anrühren. Der Körper lag so seltsam verdreht da, das Gesicht nach unten. Als man ihn umwendete, rann Blut aus einem grinsenden Maul, die Lachfalten entlang, über hektisch rote Wangen, troff aus leeren Augenlöchern.

Ein hohes Maß an Verantwortungsgefühl Wer ihn sieht, den Rücken gebeugt, den Kopf gesenkt, die Arme vor dem Leib, in eine Mauernische gedrückt, muss annehmen, dass er einem Bedürfnis nachkommt. Wir würden das nicht weiter beachten, aber eines macht uns stutzig: Schon nach wenigen Schritten stellt er sich hinter einen Baum und nimmt dieselbe Haltung ein. Auch das wäre noch nicht sonderlich bemerkenswert, denn es handelt sich um einen etwa sechsjährigen Jungen, der vielleicht seinen Organismus noch nicht hinreichend beherrscht. Als er nun aber nach einer weiteren Strecke Weges suchend zur Seite blickt und sich hinter eine Anschlagsäule verzieht, werfen wir im Vorbeigehen einen Blick auf den Sockel - und stellen keinerlei Spuren fest. Der Junge biegt in eine Seitenstraße ab, wohl auf dem Weg in die Schule. Er sieht suchend zur Seite, wie es scheint. Ein Blasenkranker, der zu bedauern ist. Wir verlieren ihn aus den Augen. -

In einer Toreinfahrt, den Rücken gebeugt, den Kopf gesenkt, die Hände vor dem Leib gefaltet, stand indes der Junge und murmelte vor sich hin:

„Lieber Gott, ich bitte dich, dass du alle meine Gebete erhörst, und ich danke dir schon jetzt dafür. Amen.“

Hiermit schloss er eine Folge von drei Gebeten ab, die er allmorgendlich auf dem Schulweg sprach.

Das Gebet hinter der Anschlagsäule hatte gelautet:

„Lieber Gott, lass mich heute in der Schule oft drankommen und alle Fragen richtig beantworten. Lass mich meine Schulaufgaben richtig haben und keine Schelte von meiner Lehrerin bekommen. Hilf mir, dass mich die anderen Jungen nicht verhauen und dass ich keinen Unfall erleide. Darum bitte ich dich. Amen.“

Das Gebet hinter dem Baum hatte gelautet:

„Lieber Gott, lass es meinen Eltern gut gehen. Lass Tante Anna, Tante Berta und Onkel Hans gesund bleiben und Nelly nichts passieren, wenn sie Junge bekommt. Darum bitte ich dich. Amen.“

Das Gebet in der Mauernische hatte gelautet:

„Lieber Gott, lass kein Feuer ausbrechen, kein Schiff untergehen und auch sonst kein Unglück geschehen. Sorge dafür, dass keine Krankheiten kommen, dass alle genug zu essen haben und dass keiner stirbt. Darum bitte ich dich. Amen.“

Dieser Junge zeigte nicht nur Sinn für Ordnung, sondern auch ein hohes Maß an Verantwortungsgefühl für sich und seine Mitmenschen.

Des Lehrers Bein   Es gab viele unheimliche Dinge im Gymnasium: Vogelspinnen, Kreuzottern und Embryos in Spiritus, ein vollständiges Gerippe, Totenschädel, einen menschlichen Rumpf aus Gips mit herausnehmbaren Eingeweiden, einen Studienrat, lang, hohlwangig mit tiefliegenden Augen und einem künstlichen Bein, das rhythmisch quietschte, wenn es über die langen Korridore schritt.

Durch eine schwere Tür mit eisernen Beschlägen gelangte der Sextaner Wodtke allmorgendlich in einen gewölbeartigen Vorraum. Boden und Wände aus rohem Backstein, hinten zwischen den Säulen ein weißlich-seidener Schimmer: die Schleife eines Totenkranzes. Daneben welke Blumen. An der Wand zwei Tafeln aus Eichenholz. Eingekerbte Buchstaben, Worte, Sätze, die Wodtke nicht zu lesen wagte, geschnitztes Eichenlaub als Umrahmung. Zwischen den Tafeln, in halber Höhe, ein Schrank, wieder mit Eichenlaubschnitzwerk, eingelassen in die Wand.

Läutete es zu den Pausen, füllte sich der Raum für kurze Zeit mit Leben. Die vielen schiebenden, stoßenden Schüler nahmen keine Notiz von der sie umgebenden Düsternis oder gar von dem Hinweis auf Tod und Gruft hinten zwischen den Säulen. Anders Wodtke. Seit der Beerdigung seiner Großmutter hatte er ein vertrautes Verhältnis zu den Utensilien des Todes. Zwar schreckten sie ihn, aber er hütete sein Verhältnis als eine Besonderheit, die er mit niemandem zu teilen brauchte. Der verschlossene Wandschrank wurde für ihn zum geheimen Zentrum der Schule, zum innersten Innenraum, umgeben von anderen, banalen Räumen, selber jedoch ewig verschlossen.

Der Schrank wurde Schrein genannt. Das erinnerte an Totenschrein, ließ auch auf eine Vertiefung in der Mauer dahinter schließen. Wodtke erinnerte sich an eine große, düstere Kirche, die er einmal mit seinen Eltern besucht hatte. Im Keller die Kapelle: Samt, Seide, süßlicher Geruch, ein Geistlicher in schwarzem Kleid, ein Druck auf den Knopf, die Seitenwand eines Sarkophags vorn auf dem Altar gleitet herab, gibt den Blick auf eine prunkvoll gekleidete Leiche frei. Gesicht wie Leder. Ein zweiter Druck auf den Knopf, der Sarg schließt sich lautlos.

Es war nicht anzunehmen, dass der Schulschrein sich elektrisch

78

öffnen ließ, aber es schien Wodtke nahezu sicher, dass darin ein toter Soldat lag. Fraglich blieb die Lage der Leiche. Ein voller Blick von der Seite war nicht möglich, da der Schrein zu schmal war. Es blieb also nur die Sicht auf die Fußsohlen oder von oben auf den Kopf, beides gleich unbefriedigend. Fraglich blieb auch die Art der Konservierung. Wodtke dachte an einen monumentalen Glaszylinder mit Spiritus wie bei den Vogelspinnen. Möglich war auch, dass der Schrein ein Skelett enthielt, mit Stahlhelm vielleicht. Oder nur einen Schädel mit zwei gekreuzten Schenkelknochen, wie man es auf Giftflaschen sah. Oder doch ein ganzes Skelett, das in Hockstellung beigesetzt war wie die Indianerleichen im Museum. Eine Zeitlang verfolgte Wodtke der Gedanke, der Schrein enthalte eine ganze Batterie von Glaszylindern mit einzelnen Körperteilen in Spiritus, ähnlich den Einmachgläsern zu Haus auf dem Kellerbord.

An einem Novembermorgen kam ihm plötzlich die Erleuchtung. Der Unterricht wurde unterbrochen, die Klasse in den Vorraum geführt, wo sie gemeinsam mit anderen Klassen vor dem Schrein Aufstellung zu nehmen hatte. Schweigend! Wodtke spürte ein inneres Hüpfen. Zum erstenmal nahm der Schrein heute den Rang ein, der ihm nach seiner Meinung zukam. Der Ansprache des Lehrers mit dem Holzbein vermochte er kaum zu folgen. Es fielen Worte wie Krieg, Opfer, nie wieder, Vaterland, Mahnung. Wodtke glaubte das Holzbein quietschen zu hören.

Und als der Lehrer einen Schlüssel aus der Tasche zog und sich dem Schrein zuwandte, wurde es Wodtke blitzartig klar, dass dieser das abgeschossene Bein des Lehrers enthielt.

Alle Schüler sollten sich in eine Reihe stellen und im Gänsemarsch an dem Bein vorbeidefilieren. Wodtke fühlte sich festlich bewegt, aber dann, der höchste Augenblick - offen der Schrein! - brachte tiefste Enttäuschung. Ein aufgeschlagenes Buch mit vielen Namen, kein Bein, kein Skelett - nur ein Buch - ein Nichts.

Männer...

Er gehört dazu!   „Morgen werden sie mich kennen", dachte Wiedemann und sandte herausfordernde Blicke aus. „Morgen werden sie mich grüßen", dachte er. Denn er gehörte dazu, sie wussten es nur noch nicht. Heimliche Freude ergriff ihn, wenn er einem Schüler oder gleich einem ganzen Trupp begegnete. Er strahlte soviel Wohlwollen und Anteilnahme aus, dass einige ihn verwundert ansahen. Vollgepfropft mit Wissen, begierig, es wieder von sich zu geben, strich er um die Schule herum, in der er sich heute Vormittag zum Dienstantritt melden sollte.

Aus den offenen Fenstern der Klassenräume drangen kräftige Stimmen. Er stand dicht an der Umzäunung, halb verdeckt hinter einem dicken Betonpfeiler. Ein dünnes Klingelzeichen dehnte sich durch das Gebäude. Dann wurde es in einem Klassenzimmer nach dem anderen still. Aus den beiden Fenstern gleich hinter dem Zaun kamen nur noch einzelne Stimmen, die erhobene Stimme des Lehrers und die leiseren Stimmen der Schüler. Ein warmes Gefühl durchrieselte ihn. „Sie werden mich mögen", dachte er und ließ seine Freude ganz nach innen strömen. Noch stand er draußen, aber er gehörte dazu.

Das Portal mit der Freitreppe inmitten der Vorderfront schien nicht benutzt zu werden. Vorsichtig ging er um das Gebäude herum und geriet auf den asphaltierten Schulhof. Die kleinere Tür, etwas seitwärts, führte wohl zu den Toiletten. Entschlossen öffnete er eine der großen Türen. Dahinter Fußraste und Matte, steinerne Stufen. Geruch nach Kreide, Bohnerwachs und Schweiß. Ein Abfalleimer. Er stieg die Stufen hinauf und gelangte durch eine Schwenktür in einen größeren Vorraum. Gänge nach zwei Seiten, Treppen in die oberen Stockwerke. Er hörte Schritte. Zwei Herren mit Büchermappen kamen die Treppe herab, künftige Kollegen. Er rechnete damit, dass sie ihn ansprechen würden, aber während er noch seine Worte zurechtlegte, gingen sie vorbei und sahen ihn nicht einmal an.

Stille. Nur Stimmen aus den Klassenräumen, auf- und abschwellend. Er folgte einem der Gänge, Fenster links, Türen rechts, lange Reihen von Garderobenhaken dazwischen. Eine einzelne Jacke hing daran. Verlangend reckten sich die vielen Haken in die Höhe. Hinter den Türen regierende Lehrerstimmen, jäh auffahrendes Stimmengewirr. Sopran, Alt, Stimmbruch, Tenor, Bass. Er fühlte sich als Lauscher.

Hinter einer Tür war es still, sie führte wohl nicht in einen Klassenraum. Wiedemann blieb stehen, klopfte behutsam und erschrak, als ein kräftiges Herein ertönte. Er öffnete und fuhr zurück, als er in zwanzig bis dreißig Gesichter blickte, die sich ihm zukehrten. Eilig schloss er die Tür, aber sie ging wieder auf, und der Lehrer, ein nicht mehr ganz junger Mann mit verrutschtem Schlips, sah ihn fragend an. Er suche das Sekretariat, sagte Wiedemann, er habe nicht stören wollen, er bitte um Entschuldigung. Der künftige Kollege wies ihm ausführlich den Weg: zurück in den Vorraum, den anderen Gang entlang, dann rechts um die Ecke, am Ende des Gangs die zweitletzte Tür links. Er werde schon sehen. Gestört habe er nicht. Da rief Wiedemann freudig: „Gestatten Sie bitte!" und er stellte sich vor. Aber der künftige Kollege empfand den Zeitpunkt dafür wohl etwas unpassend, wirkte plötzlich recht abweisend, murmelte mürrisch ein paar Worte und klappte die Tür zu.

Zurück in den Vorraum, den anderen Gang entlang, rechts um die Ecke, am Ende des Gangs die zweitletzte Tür links.

Wiedemann klopfte. Nichts. Er klopfte nochmals. Unschlüssig drückte er den Türgriff herunter, die Tür gab nach. Er blickte hinein. Aktenschränke bis zur Decke, zwei Schreibtische mit Papieren überhäuft. Das Sekretariat offenbar. Niemand da. Er lauschte. Behutsam schloss er die Tür wieder, zog sich auf den Gang zurück und bemühte sich, gleichgültig aus dem Fenster zu sehen.

Da näherten sich klappernde Damenschuhschritte. Eine Frau erschien, mit einem Aktenordner und sicherer Miene. Ob er zu ihr wolle. Der Schulleiter? Im Unterricht. Wenn er der neue Referendar sei, könne er ja schon mal ins Lehrerzimmer gehen. In einer halben Stunde sei Pause. Sie führte ihn vor eine Tür, schloss auf, schob ihn hinein.

Tische, Stühle, Regale mit schiefen Bücherreihen, Stapel von

Heften auf Schränken und Tischen, Geruch nach Asche und kaltem Rauch. Er trat ans Fenster und sah auf den leeren Schulhof, der ihm im Licht der frühen Vormittagssonne wie nackt vorkam. Dann trat er an die Aushangtafel und tat so, als studierte er die Pläne, die mit Heftzwecken daran befestigt waren. Stundenpläne, Pausenaufsichten, Raumverteilung, Feuerlöschordnung. Sein Blick glitt über die Tische und heftete sich an einen Porzellanaschenbecher mit Reklamebeschriftung. Ein verdrehter Zigarettenstummel war vorbeigefallen. Er legte ihn in den Aschenbecher, und als er die spärlichen Aschenreste auf der Tischplatte wegblasen wollte, flog eine ganze Wolke aus dem Aschenbecher und verteilte sich fächerartig über den Tisch. In irgendeinem Korridor hörte er das Lärmen von rücksichtslosen Jungenstimmen. Gerade als er dabei war, die verstreute Asche zusammenzuraken, ging die Tür auf. Er fuhr hoch, errötete und wollte sich vorstellen, erkannte aber noch rechtzeitig die Sekretärin. Er solle mal dahinten im Gang für Ruhe sorgen. Sonst sei ja zur Zeit niemand hier.

Am Ende des Gangs hatte sich ein Haufe von Schülern im Tertianeralter gesammelt, deren Unterricht wohl erst in der nächsten Stunde begann. Sie stritten sich und schubsten miteinander herum, neue kamen hinzu, und der Haufe wurde immer lauter.

Wiedemann stand also vor seiner ersten Amtshandlung, mühte sich, seinem Schritt Festigkeit zu geben. Er hoffte, dass bereits sein Nahen die Schüler zur Ruhe bringen werde. Aber als er heran war, wurde er nicht einmal beachtet. Er holte tief Luft und wollte irgendetwas Ruhestiftendes von sich geben. Doch ehe er dazu kam, verstummte der Lärm schlagartig. Die Schüler wandten sich zu ihm hin und sahen ihn erwartungsvoll an. Da schnürte sich seine Kehle zusammen, und er brachte keinen Laut hervor. Hilflos senkte er den Kopf, drehte sich um und ging ab.

Hinter ihm unterdrücktes Gelächter. „Was sollte denn das?" Der Lärm schwoll wieder an. Die Sekretärin sah ihn mit herabgezogenen Mundwinkeln an und ließ ihn mit seiner Verantwortung für Ruhe und Ordnung allein.

Eine kurze Weile stand er noch unschlüssig da, aber als dann der

Schülerhaufen unverhohlenes Interesse für ihn zeigte, verzog er sich, erreichte aufatmend den Hof, die Straße. „Noch etwas frische Luft schöpfen", sagte er bei sich. „Zur Pause gehe ich wieder hin."

Er nahm den Straßenlärm nicht wahr, nicht einmal das Rattern eines hüpfenden Pressluftbohrers. Er machte eine ausgedehnten Spaziergang um den Block, in dem die Schule lag. Als er sie von der anderen Seite wieder erreichte, schrillte gerade die Klingel. Die Türen zum Hof schienen die Masse der Schüler einzusaugen. Die Pause war zu Ende. Er kam zu spät.

Er hielt sich dicht an der Hauswand und machte einige zögernde Schritte auf den Eingang zu. Der Hof war leer wie vorher.

Da kam ein winziger rothaariger Junge aus dem Gebäude, ging auf ihn zu, sah ihn prüfend an. Wiedemann versuchte wie ein Lehrer auszusehen.

„Darf ich den Schulhof bitte mal verlassen?" fragte der Junge. „Ich wollte mir am Kiosk was kaufen." Und er setzte erklärend hinzu: „Ich habe eine Freistunde."

„Ja, natürlich", sagte Wiedemann, und es war, als löste sich etwas in ihm, „wenn das so ist, dann geh nur bitte!" Und er rief ihm noch nach: „Lass dir ruhig Zeit, die Stunde hat ja gerade erst angefangen!"

Und er fühlte in diesem Augenblick mit aller Kraft, dass er dazugehörte.

Der Fisch   Es regnete seit Stunden. Wer auf dem schmalen Bootssteg ein Stück in den See hinausging, gelangte in eine wässrig-graue Welt ohne Konturen. Und wer gar in einem Kahn auf dem See trieb, hatte sich ganz dem Wasser hingegeben und jede Bindung verloren.

Der Mann im Kahn hatte bisher nur einige matte Fische gefangen und wieder ins Wasser geworfen. Aber er liebte den Regen, den See, das ziellose Treiben und fühlte sich geborgen unter seinem dichten

Umhang. Auf dem Boden des Kahns schwappte Wasser. Eigentlich hätte er es ausschöpfen müssen, aber er trug hohe Gummistiefel, und es machte ihm nichts, dass die Bodenbretter unter Wasser standen. So schien ihm der Kahn wie ein Teil des Sees. Der Regen fiel so dicht, dass sich im Wasser keine Kreise mehr bildeten. In der krausen, leise brodelnden Fläche tanzte der Korken der Angel.

Der Mann hatte nicht den Wunsch, einen Biss zu haben.

Er war früher ein guter Angler gewesen. Es gab Fotografien, die ihn mit Fischen zeigten, die er gefangen hatte: mit zwölfpfündigen Karpfen, armlangen Hechten, Bündeln von Forellen. Höhepunkte waren die Mahlzeiten zu Hause gewesen. Die Küche dampfte, in der schwarzen Pfanne zischte das Fett, die Fische wurden braun und kross, ihr Geruch drang bis ins Treppenhaus. Seine Frau mochte keinen Fisch, doch anfangs hatte sie es nicht zugegeben. Später... aber daran wollte er nicht denken. Sie hatten sich getrennt, und seitdem war er allein geblieben. Eine Zeitlang bereiteten Bekannte ihm seine Fische zu, aber auch das war schon fast vergessen.

Er hatte nicht mehr den Wunsch, einen Biss zu haben. Es genügte ihm, im Kahn hinauszurudern, auf das Wasser zu schauen, sich dem Regen, der Sonne und dem Wind auszusetzen - aber am liebsten dem Regen. Zusammengekauert saß er dann auf der Ruderbank, eingehüllt in seinen fettig glänzenden Umhang, den Kopf in der Kapuze versteckt, die Füße in weichen Gummistiefeln. Der Regen prasselte auf den Umhang, das Wasser rann in krausen Bächen herunter oder spritzte zur Seite. Darunter war es warm und dunstig.

Der Mann sah durch einen Spalt der Kapuze hinaus. Sein Blick glitt an der Angelrute entlang bis ganz an die Spitze. Der Korken tanzte auf dem Wasser. Auf einmal tauchte er weg, und der Mann merkte sofort, dass ein größerer Fisch angebissen hatte. Für einen Augenblick war alles wie früher: die notwendigen Handgriffe, die beklemmende Lust des Beutemachens. Er war noch immer ein guter Angler, wenn es darauf ankam. Aber als er den Fisch nach einigen Versuchen im Käscher hatte und auf den Boden des Kahns klatschen ließ, verlor er alle Freude. Am liebsten hätte er ihn wieder ins Wasser geworfen, aber er tat, was zu tun war. Der Fisch glitt hüpfend und schlagend hin und her, das Wasser spritzte. Der Mann versuchte, den Fisch zu halten und den Haken herauszulösen. Doch die Kraft des Fisches war nicht zu bändigen. Er krümmte sich, bäumte sich auf, und jede Faser seines gespannten Körpers setzte sich zur Wehr. Alles an Lebenskraft schien in diesem Fisch zusammengeballt.

Plötzlich hielt der Mann eine Keule in der Hand und schmetterte sie auf den Fisch. Die Leine um die Hand gewickelt, hielt er ihn am Haken und schlug blind auf den glänzenden, federnden Körper ein. Es war nicht mehr der Fisch, den er traf, und er schien es nicht wahrzunehmen, dass dieser sich blutig färbte, dass Schuppen und Haut abrissen und das zuckende Fleisch aufdeckten. Der Mann schlug noch immer, als der Fisch schon zu einer zerschundenen, blutigen Masse geworden war. Auf den Knien lag er davor, und das Wasser drang ihm in die Stiefel. Die Kapuze war herabgeglitten, und seine spärlichen Haare klebten am Kopf, Wasser rann ihm über die Brille und nahm ihm die Sicht. Mit einem brutalen Ruck riss er den Haken aus dem Maul des Fisches, sprang auf die Beine, fast kenterte der Kahn, warf die schmierig-schlaffen Reste über Bord, legte die Riemen ein, ruderte mit schnellen Schlägen zum Ufer. Wie sonst schloss er den Kahn an die Kette, raffte sein Angelzeug zusammen, sah sich nicht mehr um.

Der Weg führte über einen Acker. Schwarze Lachen standen in den Furchen, die Sohlen sanken ein bei jedem Schritt und lösten sich schmatzend. Der Regen hatte aufgehört, aber es war schon fast dunkel. Er hatte noch eine Strecke Weges vor sich, und trotz seiner steifen, gekrümmten Glieder mühte er sich, kräftig auszuschreiten, wie jemand, der nicht an Umkehr denkt.

Nur ein Surrogat!   Manchmal heiße ich Dr. van Kempen. Wenn ein Lehrer aus einem Dorf flussabwärts an mich denkt, heiße ich so. Mein wirklicher Name langt nicht. Mir genügt er - aber nicht seiner Frau. So sei es leichter für ihn, sagt sie.

Er kommt selten in die Stadt, sie ungefähr zweimal die Woche. Besorgungen, Kino, Theater, Essen im Restaurant - sie fühlt sich nicht wohl auf dem Land. Das Leben dort passe nicht zu ihr, meint sie, und da hat sie sicher recht. Ich stelle mir manchmal vor, dass sie Kühe melkt, die langen Fingernägel rot lackiert. Als sie heirateten, war er Lehrer in der Stadt. Weshalb musste er auch die Stelle als Rektor einer Landschule annehmen! Eigentlich war er selber schuld an allem.

Ich sah sie zum erstenmal auf dem Busbahnhof. Sie stand am Buffet und aß eine Bockwurst. So was entsprach eigentlich nicht ihrem Stil, aber ihr machte es anscheinend nichts aus. Sie merkte, dass ich zu ihr hinübersah, und deutete ein Lächeln an. Ich trat ans Buffet und ließ mir ebenfalls eine Wurst geben. Wir wechselten ein paar Worte. Chancen hatte ich mir absolut nicht ausgerechnet. Sie gab sich als Dame, verhalten und sicher, war gepflegt und mit Sorgfalt gekleidet. Ich war viel zu jung für sie und passte auch sonst nicht zu ihr, schon äußerlich nicht. Aber wir gefielen uns gleich. Und heute weiß sie, was sie an mir gehabt hat.

Sie vertraute mir später an, ich sei nicht ihre erste Beziehung gewesen. Schon deshalb meine ich, dass mir niemand einen Vorwurf machen kann. Sie muss wissen, was sie tut. Ich möchte den sehen, der so eine Chance ausschlägt.

Dass ich mich Dr. van Kempen nennen sollte, war ihre Idee. Der Rektor kannte den Namen schon, als wir zusammentrafen. Sie hatte mich gut ausstaffiert, Burberry-Mantel, lederner Aktenkoffer und so weiter. Zuerst hat mir meine neue Rolle gefallen: Unternehmensberater, Wirtschaftsprüfer oder was sie sich da ausgedacht hatte, Dr. rer.pol. seit kurzem, auf der Durchreise nach Frankfurt oder nach Paris, was weiß ich. Die Rolle gefiel mir tatsächlich ganz gut. Plötzlich sah ich viel älter aus, als ich bin.

Wir hatten uns in einem Restaurant verabredet, der Rektor und ich.

Es war sein Einfall, dieses Treffen, er wollte mich kennen lernen, und ihr hatte es nichts ausgemacht. Er wusste Bescheid über uns.

„Meine Frau ist mit ihrem Leben nicht zufrieden", sagte er. „Wir haben unser gutes Auskommen, aber in ihren Augen bin ich eben doch nur ein Dorfschullehrer. Anderes imponiert ihr mehr. Sie als Mann der Wirtschaft... trotz Ihrer jungen Jahre..."

Er wartete wohl, dass ich etwas über mich erzählte, aber ich hatte keine Lust, zu lügen.

Ich musste an meine kümmerliche Behausung denken, an die Kommode, den Kleiderschrank und das knarrende Bett. Ihr hatte es allerdings wenig ausgemacht. Von Zeit zu Zeit fuhren wir nach Hamburg. Dann gab sie mir vorher Geld.

„Man lebt auf dem Lande ein wenig neben dem Leben her", sagte der Rektor. „Sie kennen die Temperamentslage meiner Frau. Ich bin ein ruhiger Mensch, nicht mehr der jüngste. Sie stehen erst am Anfang, mitten im Leben..." Fast klang es, als wollte er sich entschuldigen. Am liebsten hätte ich ihm begütigend auf die Schulter geklopft.

„Es ist da auch noch etwas anderes", sagte er. „Ich kann es meiner Frau nicht verwehren..." Ich wusste, was er meinte. Sie hatte es mir oft genug erzählt.

„Letzten Endes bin ich doch für sie verantwortlich", sagte er. „Sie ist oft so leichtsinnig. Man muss auf sie achten. In vielem ist sie noch wie ein Kind. Nachdem ich Sie nun kennen gelernt habe, Herr Dr. van Kempen, bin ich doch etwas beruhigt. Nicht gerade, dass ich Ihnen meinen Segen gebe, aber..." Er lächelte.

Ich wusste nicht, was ich antworten sollte. Ich hatte erwartet, er würde mir Vorwürfe machen, mich bitten, die Beziehungen zu seiner Frau aufzugeben. Aber jetzt bekam ich sozusagen eine neue Rolle zugeteilt, ganz anders als die bisherige. Ich war nicht mehr der Verführer, der Ehebrecher, der Mann der Wirtschaft oder meinetwegen auch der Hochstapler mit falscher Identität. Ich war jetzt einfach nur ein Surrogat, ein eingeplanter Ersatz, den man in Kauf nimmt, weil es nicht anders geht, ein Behelf, dessen man sich bedient, gleich einer Prothese.

„Leben Sie wohl, Herr Dr. van Kempen", sagte er und gab mir die Hand.

Es hätte mich gereizt, ihm ins Gesicht zu sagen, wer ich wirklich bin, ein Nichts, ein verkrachter Student aus einer Bodenkammer mit knarrendem Bett, das man nachts durch alle Etagen hört.

Dr. van Kempen, Unternehmensberater, häufig auf Reisen, Kopenhagen, Paris, Frankfurt! Sie hatte schon recht. Für ihn war es so leichter.

Frauen!

Am Ende der Mole   Die Mole griff steinern und schmal ins offene Wasser. Leicht sich biegend, umfasste sie einen Teil des Meeres und fügte ihn ans Ufer. Außen hob sie sich steil und glatt aus der See, auf der anderen Seite fiel sie in mächtigen Stufen zur Fläche des Hafenbeckens ab. Auf dem grünlichen Beton des Sockels ruhte die zweite Stufe, aus Felsen gemauert, und darauf die dritte aus rotschwarzem Backstein. Ein Eisengeländer sicherte den Fußweg.

Das Mädchen und der Junge verhielten ihren Schritt, als sie sich dem Leuchtfeuer am Ende der Mole näherten. Er hielt ihre Hand, eigentlich aber nur ihre Fingerspitzen. Mit der anderen Hand fuhr er wie suchend am Geländer entlang. Das wechselnde und doch gleiche Spiel der Wellen mit den Schaumstreifen mal hier mal da, nahm er nicht wahr. Er drückte die Finger des Mädchens. Sie wandte ihm kurz das Gesicht zu und zog ihre Hand zurück.

Er sah auf das schwarze schwappende Wasser zwischen den Steinen am Fuße der Mole. „Wir setzen uns noch einen Augenblick auf unseren Platz", sagte er, „- wenn du Lust hast."

Über ihnen zogen die Möwen ihre Kreise, schreiend, flatternd, gleitend. Reihenweise saßen sie auf den Steinen, warfen sich in die Luft und landeten wieder, - mit einem Gebaren, als ob sie etwas sehr Wichtiges begännen. Das Leuchtfeuer glimmte in regelmäßigen Abständen. Nachts warf es ganze Strahlenbündel aus, aber im dünnen Licht des späten Nachmittags drang der Schein nicht durch.

Die Stufen am Ende der Mole führten ein Stück um das Leuchtfeuer herum. Wo sie an die steile Außenmauer stießen, war bei Westwind ein geschützter Platz. Sie setzten sich. Er überlegte, ob er den Arm um sie legen sollte. Sie fröstelte.

„Nur wir beide, niemand sonst", sagte er.

Die Wellen schlugen in unregelmäßigen Rhythmen gegen die Mauer. Manchmal spritzte der Schaum bis an ihre Knie. Zwei Schiffe hoben sich gegen den Horizont ab. Sie waren so weit entfernt, dass sie nicht voranzukommen schienen.

„Ich hätte Lust zu schwimmen", sagte er und sah sie fragend an.

„Viel zu kalt", sagte sie. „Was soll das!"

Er zupfte an seinem Pullover, sprang plötzlich auf, riss ihn zusammen mit dem T-Shirt über den Kopf, streifte die Turnschuhe ab, pellte die Jeans herunter und stand, ohne noch ein Wort mit ihr gewechselt zu haben, auf der Höhe der Mole, wo sie etwa sechs Meter tief abfiel.

Sie drehte sich erst um, als sie ihn aufs Wasser klatschen hörte. Dann kam er um die Biegung der Mole herumgeschwommen. Er winkte ihr zu.

Zwischen den Steinen watete er aus dem Wasser, krumm vor Kälte. Die Haare klebten am Kopf und ließen ihn fremd aussehen. Die Unterhose stand blasig ab. Er begann sich mit seinem T-Shirt abzutrocknen.

„Ich gehe schon voraus", sagte sie.

Als sie etwas später merkte, dass er hinter ihr war, blieb sie stehen. Er ging auf der zweiten Stufe der Mole. Sie blickte auf ihn hinab und hielt ihm die Hand hin. „Komm doch rauf. Ich zieh dich hoch."

„Nicht nötig", sagte er und sprang mit einem Satz nach oben. „Oft werden wir nicht mehr auf die Mole gehen. Mir ist saukalt."

„Was springst du rein", sagte sie. „Der Sommer ist vorbei."

Himbeersirup   Jedes Wochenende sind wir zusammen, Ulla und ich, den ganzen Sommer schon. Auf dem See segeln wir mit meinem kleinen Kajütboot und lassen es dann in einer versteckten Bucht mit der Nase ins Schilf stoßen.

Zwischen Ulla und mir ist alles, wie es sein soll. Ulla mag mich. Sie ist groß und weizenblond, hat lange, gerade Beine und eine weiche, weiße Haut, die sich manchmal leicht zusammenschuppt, wenn ich darüber streiche. Herrlich ihre Zähne, kräftig und zubeißend, vorn eine schmale Lücke. Ihre Lippen rosa und voll - zumeist etwas klebrig, weil sie gern Süßes isst.

Nicht etwa, dass ich Anstoß daran nehme, gewiss nicht! Alle Mädchen essen gern Süßes, aber ihr ist am liebsten Himbeersirup. Es ist nichts dabei, Himbeersirup lässt sich mit Wasser verdünnen und ist dann durchaus genießbar. Aber sie nimmt den Sirup unverdünnt, trinken mag ich es gar nicht nennen. Körperwarm lässt sie ihn über die Zunge rinnen, zuckrig und glatt.

Doch sie waren schön, unsere gemeinsamen Segeltörns. Wir saßen eng beieinander im Cockpit, hielten wechselweise die Schot, und ich spürte den lockenden Dunst ihrer Haut. Die Segel standen weiß und prall im Wind, das Wasser jagte glucksend unter dem Bootsrumpf weg. Bei Wellengang hüpfte das Boot, das Wasser schlug rhythmisch gegen die Bordwand und sprühte weißen Gischt ins Cockpit. Oder es strich ein leiser Wind über die Wasserfläche, bauschte die Segel, ließ sie erschlaffen, wieder sich blähen, drang von hinten in den Spinnaker, quallig ihn dehnend.

Eigentlich waren es schöne Tage. Ulla sorgte für das Essen. In einem rosa Plastikkorb brachte sie alles mit: Kuchen, süßen Kaffee in Thermosflaschen für den Nachmittag, Fleisch mit Beilagen für den Abend. Und Pudding. Zum Pudding Himbeersaft. Sie nennt es Saft, aber es ist Sirup, harziger, zäher Sirup!

Ulla gibt sich Mühe mit dem Essen, es bedeutet ihr viel. Sie isst mit Appetit, ich möchte sagen, mit Lust. Mit leiser Gier geht sie das Essen an, kann es nicht lassen, vorher aus den Schüsseln zu naschen, schnalzt gar mit der Zunge, und wenn die Tischplatte über dem Schwertkasten in der Kajüte etwas schmuddlig ist, schmierig von vorbeigepantschter Soße, so lässt Ulla sich dadurch nicht stören. Zum Schluss kommt immer der Himbeersirup. Sie gießt ihn über den Pudding, - nur über ihren, ich lasse meinen stehen -, hält die Flasche hoch, sperrt den Mund auf und lässt einen dünnen Sirupfaden hineinrinnen. Sie streckt den Arm dabei, so dass der Faden sich träge-geschmeidig dehnt, lässt ihn wieder kürzer werden, bis ihre Lippen sich über dem Flaschenhals schließen.

Sie tut es im Scherz, und anfangs erregte es mich.

Dabei ist Ulla eigentlich ein nettes Mädchen. Sie lacht und schwatzt in einem fort und ist immer zum Schmusen bereit. Doch ihre Zärtlichkeit hat etwas Forderndes, sie ergreift Besitz von mir, will mich einsaugen wie ihren verdammten Himbeersirup. Als ich den faden Geschmack zum erstenmal in ihrem Munde spürte, fand ich es noch reizvoll. Aber am heutigen Vormittag, während sie sich tief in ihre Koje hineinwühlt, will mir der Geschmack nicht von der Zunge weichen, süß, durchdringend, penetrant. Himbeersirup, zäh fließend, über die Zunge laufend, klebrige Spuren an den Lippen hinterlassend. Auch ihre Finger klebrig von der verschmierten länglichen Flasche mit dem unvermittelt ansetzenden engen Hals. Eine rosa Beere auf dem Etikett, prall, fettig, strotzend. Ihre rosa Lippen gequollen, der Sirup beharrlich-träge sich ergießend, wie Schmieröl, das die Höhlungen einer Maschine füllt, mit unerbittlicher Fürsorge davon Besitz ergreift, kehlig glucksend mit schläfriger Beharrlichkeit. Laff, lau, lummrig. Wie zerlassenes Schmalz herableckend, zwischen ihre fettigen Lippen, durch ihre vordere Zahnlücke, zuckrig seufzend, am Gaumen zergehend, labbrig im Halse versickernd. Ihre Unterlippe wie eine Tülle - ein letzter Tropfen, ölig und süß.

Das Wetter hält sich nicht   Die Sonne stand schon tief. Tausend Menschen, fettig glänzend, braun, rot, weißlich-blätternd, bunte Kleiderfetzen am Leib, die meisten fast nackt, nutzten die letzten Strahlen. Die Bläue der Bucht wirkte in der Ferne wie geschmolzenes Blei, und nur in Ufernähe wurde die Stille von spritzenden, planschenden, lärmenden Menschen zerrissen.

„Das Wetter hält sich nicht. Es hält sich bestimmt nicht. Ich spür's in den Knien. Wir sind sowieso schon zu lange geblieben." Die Frau in den geblümten Strandhosen sprach gegen den runden, rötlichen Nacken ihres Mannes.

Der sagte, ohne sich umzuwenden: „Ich möchte nachher noch ins

Wasser. Gegen Abend ist es immer am schönsten." Er sah scheinbar abwesend über die aufgewühlten Sandhügel des Strandes. „Du in deinem Strandkorb", sagte er noch, „mit den langen Hosen und der Bluse..." Er warf sich auf den Rücken und blickte sie über den Bauch an. Sein Gesicht verschwand fast hinter der Masse des Körpers. „Ich brauche noch ein bisschen Bewegung", sagte er. „Ich gehe wieder zu den Leuten da hinten." Und nach einer Pause: „Es macht dir doch nichts!? Wenn du immer nur im Strandkorb hockst!"

Aber er dachte: Gut dass sie es einsieht. In ihrem Alter!

Dann spähte er unauffällig nach dem Mädchen: schlank, braun, voller Leben. Sie hatten einige Male miteinander Ball gespielt und waren ein Stück in die Bucht hinausgeschwommen. Es war nichts zwischen ihnen. Sie gefiel ihm. Er fühlte sich wieder jung mit ihr.

„Du wartest auf die kleine Blonde?"

Die Frage seiner Frau traf ihn, und er gab sich Mühe, unbefangen zu wirken. „Ich habe ein paarmal mit ihr Ball gespielt. Auch mit anderen. Wenn du immer nur in deinem Strandkorb hockst..." Aber er dachte: Du weißt ganz gut, warum.

Dann sah er das Mädchen unten am Wasser. Sie warf irgend jemandem einen Ball zu. Man hörte sie lachen. Jetzt war auch ihr Partner zu sehen: ein großer, fetter Mann mit dem Gesicht einer Persönlichkeit. Aber wenn er umherhüpfte, musste man an Pudding denken. Er mühte sich, fröhlich und behände dem Ball nachzulaufen. Über den dünnen Beinen schwappte der Bauch. Plötzlich quiekte er laut auf vor Vergnügen und rannte wild platschend ins Wasser, mit wirbelnden Armen.

Das Mädchen stand neben einem schmalen jungen Mann am Ufer, und beide lachten hinter dem Dicken her. Ihre Schultern zuckten.

Die Frau im Strandkorb suchte den Blick ihres Mannes. Dann sagte sie nur: „Fritz!" und noch einmal „Fritz!".

Er sah auf die stille See in der Ferne. „Die Sonne ist gleich weg", sagte er. „Ich ziehe mich doch lieber an. Es wird kühl." Er stand auf, und sie merkte, dass er den Bauch einzog. Dann warf er schnell den Bademantel über.

„Ich glaube, du hast recht", sagte er und half ihr aus dem Strandkorb, „das Wetter hält sich nicht." Und fast beiläufig setzte er hinzu: „Wenn du morgen fahren willst..."

„Gleich morgen früh", sagte sie. „Wir wollen doch abends zu Hause sein."

Todesfälle

Der Sieger   Seine Zähne standen im Glas auf dem Nachttisch, und sein Unterkiefer war heruntergesackt, aber seine Augen glänzten, und sein Gesicht glühte. Es war ihm anzumerken, dass er etwas sagen wollte, aber man nahm es nicht mehr wichtig, denn er war 83 Jahre alt und hatte eine schwere Lungenentzündung.

„Ik heb jem dat wiest", wollte er sagen. „Ich habe es ihnen gezeigt", auf Hochdeutsch, aber Hochdeutsch konnte er nicht, und jetzt verstand ihn ohnehin keiner mehr.

Das Wasser hatte ihm bis zum Hals gestanden!

Als es ihm bis zum Bauch stand, hatte er einige Zeit Angst verspürt, aber vielleicht war es auch nur von der Kälte gekommen, die an ihm heraufkroch. Immerhin war es noch Mai.

Als ihm das Wasser bis zur Brust stand, war er ruhiger geworden, denn er sah an der Bake, dass es nun nicht mehr sehr viel höher steigen würde. Grau und blasig war es heraufgekommen, und er hatte stillhalten müssen. Zuletzt dachte er immer an die Zeit, als er die Hypothek auf seinen Kutter aufgenommen hatte und die Fischerei nichts mehr einbrachte. Später hatte er Seehunde gejagt und war gelegentlich mit anderen zum Fang hinausgefahren. Jetzt war er 83 Jahre alt und wollte es ihnen noch einmal zeigen.

Alles kam darauf an, dass er sich an der Bake festhalten konnte und nicht mit den Füßen vom Sattel abrutschte. Als sein Fahrrad noch aus dem Wasser guckte, kam es ihm unwahrscheinlich vor, dass er auf diesem schmalen Sattel lange stehen könnte. Aber als dann das Wasser stieg, seine Füße erreichte, die sowieso schon nass waren, fühlte er sich sicherer. Um ihn herum nur die glatte silbrige Fläche, die Küste vom Nebel verschluckt. Nur er - stehend auf dem Wasser! Er musste an den See Genezareth denken.

Als ihm das Wasser bis zum Bauch reichte, versuchte er zu beten. Aber ihm gerieten einige Flüche hinein, und er gab es auf. Er hatte es vorhin schon einmal versucht, als er merkte dass er sich im Watt verlaufen hatte. Von der Küste nichts zu sehen, nichts vom Hafen oder vom Deich mit den Giebeln dahinter. Versunken im Nebel. Nur der schlammig-harte Boden des Watts unter seinen Füßen, das Fahrrad, auf das er sich stützte und das sein Werkzeug trug.

Wenn er im Kreise herumgelaufen war, kam er nicht mehr weg. Als der Boden feucht wurde und die Rillen sich mit Wasser füllten, leise glucksend, hatte er gebetet und ein wenig gerufen. Aber vor ihm der schwarze senkrechte Strich im Nebel machte alle Hoffnung zunichte. Er wusste gleich, dass es die Bake war, die er vorhin selbst gesetzt hatte, an der Hafeneinfahrt, draußen im Watt. Er kam nicht mehr weg, aber jetzt zeigte er, was in ihm steckte. Er band das Rad an der Bake fest, stellte sich auf den Sattel und klammerte sich an das nasse, schwarze Holz. Die Bake neigte sich, aber sie hielt. Er hatte gute Arbeit geleistet.

Zuletzt war es immer leichter geworden. Die spiegelnde Fläche des Wassers, das ihm schon manchmal über den Mund spülte, die Kälte, die er nicht mehr spürte. Alles aufgelöst in Wasser und Nebel. Wenn es nach ihm gegangen wäre, hätte er sich treiben lassen, aber seine Hände hielten eisern fest.

Auf einmal, in diesem Augenblick, unter dem weißen Federbett, hörte er deutlich das tuckernde Motorengeräusch des einlaufenden Bootes. Erst drang es leise durch den Nebel und war nicht lauter als sein Herzschlag, dann dröhnte es durch seinen Kopf. Er war schon nicht mehr recht bei sich, aber er musste aushalten. Nur kurze Zeit noch, dann hatte er es geschafft. Das Boot würde kommen, - er war aus allem heraus.

Das Gesicht   Man müsste ihr die Hände über der Brust zusammenlegen. Das Mondlicht fiel flach über ihr Gesicht und ließ die Augenhöhlen schwarz erscheinen. Aus dem linken Mundwinkel rann ein dünner Faden Blut, über das Kinn, am Halse entlang, verteilte sich am Kragen. Der Mann neben ihr beugte sich tief herunter und horchte auf ihren Atem. Eng umspannte die Haut den Schädel. Im weißen Mondlicht schienen die Knochen fast bloßzuliegen. Die Nase stach viel zu spitz heraus. Der Mann nahm ihre Hände und legte sie über der Brust zusammen. Einen Augenblick lang bewegte ihn der Gedanke, er müsse am Straßenrand ein paar Blumen suchen und sie ihr unter die Hände schieben. Aber da war noch ein Röcheln, ganz tief drinnen.

Der Mann stieg die Böschung zur Straße hinauf. Die Silhouette seines Autos stand schwarz gegen den hellen Himmel. Rechts führte die Straße in ein Waldstück hinein. Das glatte Asphaltband verschwand wie in einer schwarzen Höhle. Der Mann lehnte sich an sein Auto und sah über den Kühler. Das Standlicht warf seinen trüben Schein nach vorn. Die Scheinwerfer hatten die Frau auf der Straße zuerst erfasst. Ein jäher Schreck - bremsen! - ein Stoß - bremsen! - fast kommt der Wagen ins Schleudern. Die Gestalt ist fort, wie weggewischt. - Jetzt Gas geben, weiterfahren! Nichts ist geschehen!

Der Mann ging suchend um sein Auto herum. Anscheinend keine Beulen. Die Stoßstange hatte sie wohl zur Seite geschleudert. Er sah die Böschung hinunter: Buschwerk, ein Graben, gekreuzte Latten eines Zauns. Er wünschte, es wäre nichts geschehen. Aber dort unten lag sie, die Hände über der Brust zusammengelegt. Wer so dalag... Man konnte nichts mehr für sie tun.

Seine Hände zitterten ein wenig, aber er war erstaunlich ruhig. Ruhiger als er in einer solchen Situation eigentlich sein durfte. Es war noch kein Auto vorbeigekommen. Er musste wohl selber in den nächsten Ort fahren, einen Arzt benachrichtigen, irgendjemanden aus dem Bett klingeln, die Polizei anrufen. Obwohl es ihr nicht mehr helfen würde.

Einsteigen, Gas geben, weiterfahren - nichts war geschehen. Unwirklich alles, die Straße, der Wald, die Felder im Mondlicht. Er saß schon am Lenkrad, die Hand am Anlasser, da drang Licht durch die Bäume, und zwei Scheinwerfer schossen aus dem schwarzen Loch des Waldeinschnitts, erfassten alles, kamen blendend heran, ließen die Welt drum herum im Dunkel versinken. Erst als das Auto hielt, merkte der Mann, dass er mit dem linken Arm Haltezeichen gab.

Über das Gespräch mit dem fremden Fahrer wusste er danach nichts mehr. Der fuhr weiter, um für Hilfe zu sorgen, und er war wieder mit der Frau allein. Er stieg die Böschung hinunter und hockte sich neben sie. Plötzlich durchdrang ihn ein tiefes Mitgefühl und trieb ihm Tränen in die Augen. Er wollte ihr die Hand unter den Kopf schieben, aber als er das klebrige Blut in den Haaren spürte, fuhr er zurück. Mit fahriger Hand wischte er mit seinem Taschentuch den Blutfaden vom Munde, vom Halse, aus dem Kragen, versuchte auf den Herzschlag zu lauschen. Aber im Mondlicht sah das Gesicht wie tot aus. Der Mann ließ den warmen Schein seiner Taschenlampe darauf fallen. Seine Hand zitterte, und der Schein der Lampe lag unruhig auf dem Gesicht, kleine Schatten wischten darüber, das Gesicht schien zu leben. Die Mundwinkel zuckten, die Brauen hoben und senkten sich, die Nasenflügel bebten. Der Mann hielt die Lampe unentwegt auf das Gesicht gerichtet. Sie durfte nicht verlöschen. Die Frau dort musste leben! Aus dem Munde lief kein Blut mehr, das Röcheln tief drinnen war verstummt. Sie durfte nicht so daliegen , wie eine Tote, mit über der Brust zusammengelegten Händen! Der Mann nahm die Taschenlampe zwischen die Zähne und zog die Hände auseinander. Sie fielen schlaff zur Seite. Aber das Gesicht lebte: Lichtreflexe huschten darüber hin, der Schatten der Nase fuhr wie ein Finger über die Stirn, hin und her, hin und her...

Ziemecks später Heldentod   Ziemeck kam noch einmal zum Bewusstsein, bevor er starb.

Er lag auf dem Bauch, das Gesicht in einer ausgetrockneten Pfütze, die Finger in die schwärzlich-fettige Erde gekrallt. Er hatte sich noch auf seine Büchse gestützt, jetzt lag sie unter ihm, drückte gegen seine Brust und benahm ihm den Atem. Neben seinem Kopf lag der Feldstecher, der Trageriemen schnürte ihm den Hals ein. Er hätte ihn gern gelockert und auch seinen Hemdkragen geöffnet oder nur den Kopf aus dem Schlamm gehoben.

Die Schmerzen kamen in Wellen, sie waren wie Bajonettstiche in die Brust. Bald nach dem Krieg hatte es angefangen: Sein Herz machte zeitweise nicht mehr mit. Er hatte in den letzten Jahren zugenommen; Alkohol, Zigarren, zu fettes Essen, zu wenig Bewegung. Die Jagd als Ausgleich, und gerade da war es nun passiert! Er konnte hier nicht im Dreck liegen, Ernst Ziemeck, Fleischwaren en gros, ein Begriff in der Branche.

Sein Hund war verschwunden, dem angeschossenen Rehbock nach. Der Schuss war ins Gescheide gegangen, seine Hand war nicht mehr sicher gewesen, das Herz hatte sich gemeldet. Der Bock hatte sich aufgebäumt, das Aas, und war abgehauen. Dann hatte es ihn getroffen, und nun lag er da.

Haltung bewahren, dachte er, kommt es darauf jetzt an? Und obwohl die Stiche seine Brust zerrissen, schrie er nicht, aber er merkte, dass er gar nicht mehr schreien konnte. Der Lauf des Gewehrs ragte unter seinem Leib hervor. Die Waffe würde ihm niemand nehmen! Er deckte sie mit zerrissener Brust. Unteroffizier Ziemeck, gefallen vor dem Feind. Spähtrupp in dichtem Gehölz. Graue Gestalten, Schritte im dürren Laub. Ein Trupp von der anderen Seite. Sie wollen weg! Wir hinterher! Eine wilde Jagd. Einer von ihnen gibt auf, dreht sich um, reißt das Maul auf - zwei Bajonette fahren ihm in den Leib. Er fällt, reißt die Augen auf, krümmt sich, presst die Hände vor den Leib. Er darf nicht schreien, empfängt den Gnadenstoß, liegt auf dem Rücken, Unterleib und Hals eine blutende Wunde. Zerfetztes Gedärm, - sie lassen ihn liegen. Du oder ich, Kamerad! Mann gegen Mann. Feld der Ehre, Fahnen, ein Meer von Fahnen, rote, blutige Wogen. Schwarze Kreuze, auf Fahnen, auf Uniformen, auf Gräbern... Ziemeck gelang es, sein Gesicht ein wenig aus dem Schlamm zu lösen. Seine Lippen formten einen Ruf, ein Wort, das alles fassen sollte, alles sagen und alles erklären - aber er brachte es nicht mehr heraus und erbrach sich.

Später fiel etwas Schnee. Er taute bald wieder weg, aber eine Zeitlang sah Ziemeck wirklich aus wie ein gefallener Soldat, - mit Chlorkalk bestreut.

Mein Fernsehspiel

Haben Sie schon einmal daran gedacht, ein Fernsehspiel zu schreiben? Geben Sie es auf, Sie kommen zu spät! Es gibt im Fernsehen nur noch Filme. Die Gattung Fernsehspiel, mehr zum Theaterstück tendierend, ist ausgestorben.

Und so liegt bei mir zu Haus eine literarische Leiche in der Schieblade. Keine Sendeanstalt wird je mein Fernsehspiel in Szene setzen. Aber Sie, gerade Sie, sollen es kennen lernen! Ich versetze Sie in die 70er Jahre, in eine deutsche Kleinbürgerfamilie, und vertraue ganz auf Ihr Vorstellungsvermögen.

Sie sehen nichts, Sie hören nichts, - Sie erleben ein *imaginäres* Fernsehspiel:

'Und so was in unserem Haus!'

Nehmen Sie also beim Lesen die gewohnte Fernsehhaltung ein und... klappen Sie das Buch einfach zu, wenn mein Stück Sie nicht amüsiert.

Auf dem Bildschirm: das Treppenhaus eines Altbaues. Trübe Beleuchtung. Vor einer Etagentür Wohnungsnachbarn, neugierig wartend.

Frau Kliem kommt ins Bild. Sie hockt auf den Treppenstufen, weil sie wegen ihrer gichtigen Kniee nicht so lange stehen kann. Vergebens bemüht sie sich, die Etagentür mit dem Messingschild 'Zundelmann' im Blickfeld zu behalten. Die anderen versperren ihr die Sicht.

Stimmen: Komm, lass uns gehen! - Aber es ist doch gleich so weit! - W i r wollen wissen, was in unserem Haus passiert. - Unser gutes Recht ist das! - Man ekelt sich richtig... - Und so was in unserem Haus!

Die Wohnungstür. Groß das Messingschild 'Zundelmann'. Die Tür schwenkt nach innen auf. Dahinter, schwarz, der Korridor.

Die Hälse der Nachbarn recken sich, werden starr. Nichts geschieht. Die Spannung reißt. Die Hälse gehen wieder in Normalstellung.

Stimmen: Und dabei taten sie immer, wer weiß wie! - Ja, wer konnte das ahnen. - Ach, die Zundelmanns... - Das konnte wirklich keiner ahnen.

- Ach, die Zundelmanns, ich hab' immer gesagt..., na ja.

Es poltert im Schwarz des Korridors. Etwas Weißes schwankt heran.

Die Treppenhausbeleuchtung geht aus. Es wirkt wie eine Bildstörung im Krimi.

Stimmen: Das Licht! - Schnell, das Licht!

Das Licht geht wieder an. Zwei Sanitäter mit einer Bahre. Sie streifen mit ihren Schultern das Messingschild 'Zundelmann'. Die Bahre schrammt am Türrahmen entlang. Unter dem weißen Laken eine Gestalt, das Gesicht bedeckt, ein Toter. Alles steht reglos. Die Bahre neigt sich treppab. Jemand schnäuzt sich.

Stimmen: Der Mann? - Die Frau. Man sah es doch. - Das konnte aber auch... - Nicht zu erkennen. - Und so was in unserem Haus!

Die Wohnungstür schlägt zu. Schluss der Vorstellung?

Frau Kliem quält sich von ihrer Treppenstufe hoch, steht ein bisschen unsicher auf den geschwollenen Beinen, hält etwas in der Hand, das aussieht wie ein Küchengerät. Ein Ende Kabel mit Stecker pendelt ratlos. Sie hält das Gerät den anderen hin, die ihr die Sicht genommen haben, Aufmerksamkeit heischend, hebt das Gerät noch höher: „Was soll ich jetzt nur..., ich weiß gar nicht..., was soll ich jetzt nur mit dem Apparat anfangen? Ich kann ihn doch nicht..."

Eine Nachbarin schenkt ihr Aufmerksamkeit. „Ein Apparat?"

„Ja, ich hab ihn doch nur geborgt. Von den Zundelmanns." Sie spricht den Namen mit verhaltener Stimme. „Ich wollte ihn gar nicht. Frau Zundelmann hat ihn mir richtig aufgedrängt."

Als der Name Zundelmann fällt, wenden alle sich zu ihr um.

Die Frau, jetzt ernsthaft interessiert: „Geben Sie mal her! Was ist denn das?"

„Ein Massageapparat. Gegen mein Rheuma. Noch keine zwei Stunden ist es her. Wo soll ich denn den Apparat jetzt...?"

„Legen Sie ihn doch einfach in den Korridor."

„Nein! Keine zehn Pferde bringen mich... Denken Sie nur: Dreimal war ich heute Abend drinnen. Dreimal. In ihrem Wohnzimmer.

Wenn ich das geahnt hätte. Sonst haben wir nur mal auf der Treppe ein Wort gewechselt. Und gerade heute muss ich..."

„Dreimal? Und Sie haben nichts bemerkt?"

„Nichts. Überhaupt nichts. Nur dass sie Besuch hatten. Sein Bruder, Herrn Zundelmanns Bruder, aus Brasilien, sagte Frau Zundelmann."

„Kommt aus Brasilien, um das hier... Und es war wirklich nichts zu merken?"

„Nein. Sie saßen zusammen und tranken was Alkoholisches. Aus einer Terrine. Frau Zundelmann hat mir noch ein Glas angeboten. Aber ich trinke ja nichts Alkoholisches. Keinen Tropfen. Ich trinke nie einen Tropfen." Abwehrend hebt sie die Hände.

Rückblende: Das Glas. Darin rot sich spiegelnd: die Stehlampe, der Kacheltisch, die Terrine, der Gast aus Brasilien breit im Sofa. Vor Frau Kliems Augen, ganz nah, das Glas. Frau Zundelmann hält es ihr hin. „Besser als die beste Massage, Frau Kliem. Ein heißer Glühwein."

Herr Zundelmann, schmal, im Sessel, zeigt auf den Apparat: „Aber mit so einem Ding können Sie sich auch anwärmen." Er grinst wie ein Schwerenöter, blickt in die Runde. „Immer kreisförmig, zum Herzen hin. Kreisförmig, die Stelle richtig einkreisen."

Frau Kliem kichert. „Welche Stelle?"

„Na, den kritischen Punkt natürlich, den kritischen Punkt!"

„Sie sind ein Schlimmer! Ein Schlimmer sind Sie!"

Frau Zundelmann wirft vom Buffet her ihrem Mann einen missbilligenden Blick zu. „Friedmar, sei doch mal so gut!" Sie sieht zur Tür. Es ist genug, möchte sie sagen, es reicht jetzt.

Friedmar begleitet Frau Kliem hinaus. In der Tür schaut sie sich noch einmal um. Der Schwager aus Übersee sitzt im Sofa, breit und eisern. Seine Lippen öffnen sich, tief aus dem Brustkasten kommt es heraus: „Na, los denn! Einkreisen und vernichten den Feind. Kneten Sie ihn zu Tode!"

Friedmar mit Frau Kliem ab. Frau Zundelmann stellt das Glas Glühwein, das für Frau Kliem bestimmt war, aufs Buffet, sieht ihren

Schwager an: „Entschuldige, Kuno. Sonst treffe ich sie nur ab und zu im Treppenhaus. Alte Frauen…"

„…riechen nach ranzigem Rinderfett." Die R's rollen. Nur Kunos Lippen bewegen sich.

„Reiner Zufall, dass ich ihr gerade heute morgen das Massagegerät versprochen hatte."

Kuno lacht nach innen. Der Brustkorb zuckt. „Massagegerät… ich war ein paar Mal in Japan. Die Mädchen in den Badestuben…"

„Das Ding gehört Friedmar. Der hat es sich mal aufschwatzen lassen. Ich brauche es nicht."

„Na, warum denn nicht?" Kuno beugt sich zu ihr hinüber, legt die Hand auf ihre Schulter. „Vielleicht ein bisschen Rheuma hier…", legt die Hand auf ihr Knie, „…oder vielleicht hier?" Die Hand schiebt sich ein bisschen höher. Das Knie zuckt, die Hand bekommt einen leichten Schlag. „Kuno, bitte!" Sie lächeln sich an.

Friedmar kommt zurück, setzt sich, zündet sich umständlich ein Zigarillo an, schmunzelt. „Die alte Kliem hat nicht schlecht gestaunt. Mein Bruder aus Brasilien, habe ich gesagt, Millionär im Ruhestand."

Kuno zeigt keine Regung. „Mut zum Risiko, Friedmar. Das ist das Ganze. Immer neu ansetzen. Und sich nicht in eine Tretmühle stecken lassen."

Frau Zundelmann nippt an ihrem Glühwein. „Friedmar fühlt sich ganz wohl in seiner Tretmühle. Stell dir vor: zwanzig Jahre im Versand."

„Gertrud, nun sei mal gerecht!" Friedmar begehrt auf. „Schließlich leite ich den Versand. Kuno, ich kann mich natürlich nicht mit dir vergleichen, aber ich bin schließlich so was wie Abteilungsleiter. Wenn auch nicht offiziell. Offiziell sind wir alle Kollegen. Aber ich bin eben doch am längsten in der Firma. Und mein Chef, der sagte vorige Woche zu mir: Herr Zundelmann, Sie…"

Gertrud wirft ihm einen warnenden Blick zu.

„Na ja, Gertrud hat es nicht gern, wenn ich auch mal von mir spreche. Kuno, zugegeben, ich habe zehn Jahre auf der Stelle getreten.

Sozusagen. Aber jetzt fängt es an, sich zu rentieren. Vertrauen, Kuno, das ist die Rendite. Mein Chef und ich, wir sprechen wie alte Bekannte miteinander. Mein Chef, so als Mensch, voll in Ordnung, kann ich nur sagen. Immer einen Witz auf Lager. Heute morgen zum Beispiel... den mit den zehn nackten Negern, kennst du den?"

Gertrud wirft einen Blick zur Decke.

Friedmar lässt sich nicht beirren. „Also pass auf! Zehn nackte Neger stehen vor zehn nackten Negerinnen..."

Gertrud trinkt Kuno zu, süß lächelnd, um Nachsicht bittend. „Ach, der hat doch einen Bart, Friedmar. Den hast du doch schon vor einem halben Jahr erzählt."

„Nein, nein. Hör ihn dir doch erst mal an."

Kuno zieht die Mundwinkel herunter. „Kann mich nicht erinnern, dass ich meinen Leuten je Witze erzählt habe."

„Ich kenne meinen Chef auch privat. Aus dem Verein. FC Eintracht. Fußball, meine alte Leidenschaft."

Kuno blickt auf. „Du hast Fußball gespielt? Als Junge warst du doch..."

Gertrud lacht spitz. „Friedmar und Fußball spielen. Schriftführer ist er."

„Und als Schriftführer gehöre ich dem Vorstand an, Gertrud. Das ist nun mal so. Und mein Chef ist erster Vorsitzender. Da sitzen wir öfter bei einem Glas Bier beisammen, wenn der Vorstand getagt hat."

Kuno, immer noch interessiert: „Aber selber gespielt hast du nicht? Ich meine, in jüngeren Jahren."

Gertrud unterdrückt ihr Lachen. „Ach, er kann doch gar nicht mit einem Ball umgehen. Vorigen Sommer, am Strand, wir waren an der Ostsee..."

Friedmar legt seinen Zigarillo in den Aschenbecher, richtet sich auf. „Gertrud, nun hör mal. Von hundert Leuten auf der Tribüne hat vielleicht einer selber gespielt. Richtig gespielt, meine ich, aktiv in einem Verein. Darauf kommt es überhaupt nicht an. Wir sind eben die Vereinsmanager, und ich mache den Schriftverkehr, die

Protokolle usw.“

Gertrud bietet Kuno Salzstangen an. Sie heben die Gläser.

Friedmar gibt auf, hebt ebenfalls sein Glas. „Na, Prost denn! Auf unsere verlorene Jugend.“

Sie trinken, setzen das Glas ab, nicken, seufzen, lehnen sich zurück. Pause.

„Ach, der Witz!“ Friedmar bringt das Gespräch wieder in Gang. Ich bin ja noch gar nicht zu Ende. Also, passt auf, der ist wirklich nicht schlecht: Zehn nackte Neger stehen vor zehn nackten Negerinnen. Wie spät ist es?“

Kuno scheint nachzudenken. „Nackte Neger... komm mal zu uns nach drüben, wirf einen Blick in die Slums. Wie die Tiere. Die bewerfen dich mit Dreck, wenn du den Rücken kehrst...“

„Na ja, es müssen nicht unbedingt Neger sein. Von mir aus Gelbe oder Russen, wie du willst. Also zehn nackte Gelbe stehen vor zehn nackten... na, sagen wir Gelbinnen.“ Er lacht. „Wie spät ist es?“

Gertrud erträgt es nicht mehr. „Zehn vor zehn. Damit du endlich Ruhe gibst.“

Kuno verzieht nicht einmal das Gesicht.

Friedmar lässt nicht locker. „Hast du verstanden, Kuno? Zehn vor zehn. Neun Uhr fünfzig. Zehn stehen...“

„Doch, doch. Alles klar.“

Friedmar möchte sich steigern. „Hör mal zu. Kennst du den? Ein Mittelfeldspieler gibt eine Vorlage an den Rechtsaußen...“ Er muss sein Lachen unterdrücken.

Kunos Blick verliert sich. „Als Rechtsaußen war ich gut. Im deutschen Sportclub drüben, gleich nach 45. Lauter trainierte Leute. Alles Import aus Deutschland damals.“

Gertrud nickt anerkennend. „Wenigstens mal *ein* echter Fußballspieler. Ach Kuno, dieses ewige Gerede über Fußball. Als wenn sie selber die Tore geschossen hätten, mit ihren dünnen Beinen.“

Friedmar, anzüglich: „Na, wenn man Kuno so ansieht, wirkt er auch nicht gerade wie ein Rechtsaußen.“

„Das ist vorbei, Friedmar. Kraft... Wenn du körperlich fit bist, traust du dir auch sonst was zu. Kraft, Jugend, Gesundheit...“ Er legt die Hand auf die linke Brustseite, wirkt plötzlich besorgt. „Vorbei. Das kommt nicht wieder. Die Pumpe hier drinnen macht nicht mehr mit.“

Pause. Dann Gertrud: „Ach Kuno, du kannst doch noch Bäume ausreißen!“

„Es geht mir nicht gut. Wirklich nicht.“

Friedmar schlägt ihm sanft auf die Schulter. „Ach, weißt du, in unserem Alter, da stellt sich so manches ein. Ich zum Beispiel...“

„Ja, du leidest an Verdauungsproblemen.“ Gertrud wendet sich Kuno zu: „Im Ernst, Kuno, geht es dir mit deinem Herzen wirklich nicht gut?“

Kuno wirkt plötzlich leidend. „Ich hatte einen Infarkt. Ist gerade noch mal glimpflich abgelaufen. Aber seitdem muss ich aufpassen. Angina pectoris, Schmerzen hier oben in der Brustgegend, zieht sich auch weiter nach unten. Kommt in letzter Zeit immer öfter. Ein zweiter Infarkt kann mich umhauen.“

„Die Ärzte, Kuno, die Ärzte, was die so sagen...“ Friedmar. Keiner beachtet seine Worte.

Gertrud, ernsthaft besorgt: „Kuno, hast du deshalb drüben...,“

„Allerdings. Deshalb. Es war Zeit. Der Betrieb immer größer. Was da an einem hängt...“ Er atmet tief. Es scheint ihm tatsächlich nicht gut zu gehen. „Etwas aus der Hand geben, das man aufgebaut hat... Ist mir nicht leichtgefallen. Aber was soll’s! Keine Kinder. Wofür denn das alles! Man muss rechtzeitig abtreten können. Aus.“

„Jedenfalls hast du jetzt Ruhe. Du baust dir irgendwo draußen ein schönes Haus, da wirst du dich bald wieder erholt haben.“

„Vor einem Vierteljahr, da hätte es mich fast wieder erwischt. Und das am Rande des Urwalds. Weit und breit kein Arzt. Ein alter Indio hat mir geholfen. Mit einer Lösung. Wirkt entkrampfend. Nimmt den Druck von der Brust. Hat mir das Leben gerettet. Ich habe dem Indio das Gebräu abgekauft.“ Er lächelt flüchtig. „Der Bursche hätte viel mehr dafür verlangen können.“

106

Friedmar sieht eine Möglichkeit: „Na, da hättest du aber ein bisschen großzügiger sein können."

„Er hat bekommen, was er verlangte. Das ist mehr, als im Geschäftsleben üblich."

„Ja, aber wo er dir doch das Leben gerettet hat. Ich meine..."

Gertrud wirft ihm einen strengen Blick zu. „Friedmar, hör auf! Kuno hat eben andere Grundsätze."

Kuno nimmt ein weißes Metalletui aus der Innentasche seines Jacketts, öffnet es. „Ich trage die Flasche ständig bei mir. Außerdem eine Spritze mit Ampullen für Injektionen. Intravenös. Nur für den Notfall. Wenn kein Arzt zur Hand ist. Normalerweise reichen diese Nitropräparate hier."

Gertrud betrachtet Flasche, Tabletten, Spritze und Ampullen fast mit Ehrfurcht.

Friedmar ist nur mäßig interessiert.

Kuno nimmt die Flasche, eher ein Fläschchen, aus dem Etui. „Drei Tropfen davon in ein Glas Wasser genügen. Der ganze Inhalt tötet einen Ochsen."

Gertrud nimmt das Fläschchen vorsichtig in die Hand, löst den Stöpsel, riecht daran, hält ihn Friedmar hin. Der zuckt mit den Achseln.

Kuno legt die Flasche wieder ins Etui. „Geruch- und geschmacklos. Die Tropfen darf man nur dreimal in seinem Leben anwenden. Sagte jedenfalls der Indio."

Schweigen. Dann Friedmar: „Also mir hat einmal ein Vereinskamerad ein Mittel gegen meine Verdauungsbeschwerden empfohlen..."

Gertrud fährt dazwischen. „Eine ganze Apotheke hast du!"

„Also, wenn ich das Mittel einnahm, dann kam dabei..."

„Dem Friedmar fehlt gar nichts, Kuno. Blähungen hat er. Ich möchte wissen, wer mehr darunter leidet, er oder ich!" Sie bietet Kuno Salzstangen an.

Friedmar gibt nicht auf. „Gertrud meint es heute Abend gar nicht gut mit mir. Jedenfalls ist es für mich..."

„Peinlich ist es, allerdings." Gertruds Kinnpartie verhärtet sich.

„Du hast deshalb schon Ärger im Büro. Was würdest du von einem Angestellten sagen, Kuno, der alle zehn Minuten aufs Klo muss?"

„Nun reicht's aber, Gertrud. Kannst du nicht wenigstens heute, wo Kuno da ist... Ich meine, auch Spaß hat seine Grenzen. Auch wenn du es nicht so meinst..."

Kunos Gedanken scheinen abzuschweifen. „Die Indios werden mir hier fehlen. Wenn man sie so lange um sich gehabt hat. Das ist, als wenn man sich an Katzen gewöhnt hat. Sie sind wie Katzen."

Friedmar sieht wieder eine Möglichkeit: „Es sind Menschen, Kuno. Auch wenn es Indios sind."

Kuno zieht die Augenbrauen hoch. „Du kennst sie nicht. Menschen, aber zweite Wahl. Leise und immer auf der Lauer. Wie Katzen. Ich hatte mal einen im Hause, der bediente sich manchmal heimlich an meiner Hausbar. Einmal erwischte ich ihn. Er bekam die verdienten Prügel..."

Gertrud, scheinbar entsetzt: „Du hast ihn auspeitschen lassen?"

„Ich habe ihm ein paar mit der Reitpeitsche übergezogen. Keinen Laut hat er von sich gegeben. Abends dann, ich sitze am Schreibtisch, der Ventilator läuft, da höre ich, wie hinter mir jemand den Raum betritt, auf ganz leisen Sohlen. Ich nehme meine Pistole aus der Schieblade, als wenn es ein Bleistiftspitzer oder so was wäre... drehe mich blitzschnell um..."

Gertrud hängt an Kunos Lippen. „Und? Weiter, Kuno!"

„Da steht der Indio vor mir, mit dem Buschmesser in der Hand. Ich ziele kurz, drücke ab. Erledigt."

„Tot?"

„Genau ins Herz." Kuno nimmt einen tiefen Schluck Glühwein. Gertrud schließt sich an.

Friedmar dreht seinen Zigarillo zwischen Daumen und Zeigefinger. „Du hättest ihn nicht gleich erschießen sollen. Ein Schuss in den Arm hätte auch genügt. Ich meine, wo er doch..."

„Das verstehst du nicht. Das ist wie im Krieg. Nahkampf. Auge in Auge mit dem Feind. Das hast du nie erlebt."

„Erlebt oder nicht. Jedenfalls bringe ich nicht gleich einen Menschen um, auch keinen Indio, wenn er... im Affekt... ich meine, du hattest ihn schließlich..."

„Das kannst du nur aus der Situation heraus beurteilen." Kuno ist unangenehm berührt. „Du hast so was nie erlebt. Auf die Situation kommt's an."

„Und die war dir allerdings nicht neu. Während des Krieges hast du sie öfter gehabt. Ihr habt ja öfter Leute abgeknallt."

„Abgeknallt? Was soll das heißen? Meine Pflicht habe ich getan, und die war manchmal hart. So darfst du nicht darüber sprechen, Friedmar, gerade du nicht. Was hast du schließlich im Kriege..." Er schnappt nach Luft.

Gertrud versucht, die Situation zu retten. „Kuno, bitte. Hör nicht auf Friedmars Gerede. Er hat zuviel getrunken. Auch wenn es nur Glühwein ist. Er kann nichts vertragen mit seinem Magen."

Kuno lässt sich nicht beruhigen. „Ich habe es doch wohl nicht nötig, mir das hier..."

Friedmar fällt ihm ins Wort: „Oh, ich bin noch durchaus nüchtern. Und ich sage euch: Ich kann mich ganz und gar nicht damit abfinden, dass ein Mensch mir nichts dir nichts abgeknallt wird. Wann auch immer und wo auch immer! Ob im Krieg oder sonst wo!"

Kuno atmet schnell, schnappt nach Luft. Offensichtlich - er ist herzleidend. „Du... lass den Krieg aus dem Spiel. Was damals war...da mache ich mir keinerlei Vorwürfe... und überhaupt, habe ich es denn nötig, das von damals... das vor dir zu verteidigen? Bin ich nach Haus zurückgekommen, um mir das hier... um mir von dir vorwerfen zu lassen..." Er will aufstehen, sackt ins Sofa zurück, stiert ungläubig, presst die Hand gegen die Brust, atmet mühsam, mit offenem Mund. „Ich denke... das sollte... das sollte doch allmählich vorbei sein. Habt ihr denn immer noch nicht begriffen, dass damit Schluss sein muss? Seid ihr denn... also, das höre ich mir nicht an. Ich habe es nicht nötig, mir das hier... das ist denn doch..." Ihm bleibt die Luft vollends weg.

Gertrud greift nach seiner Hand. „Kuno, mein Gott! Kann ich dir irgendwie helfen?"

Friedmar dreht seinen Zigarillo zwischen Daumen und Zeigefinger.

Kuno fasst sich wieder. „Danke... Gertrud. Schon vorüber. Du siehst... wenn ich mich aufrege... ich merke dann, dass ich..."

„Entschuldige, Kuno. Ich weiß wirklich nicht, was in Friedmar gefahren ist. - Friedmar, damit fängst du nicht noch einmal an!"

Friedmar betrachtet scheinbar gleichgültig den Zigarillo, genießt seinen Sieg. „Du kannst mir hier doch nicht den Mund verbieten. Ob es euch nun passt oder nicht: I c h habe im Krieg niemanden umgebracht. Und darauf bilde ich mir was ein, jawohl. Ich war fest entschlossen, keinen Schuss abzugeben, als ich eingezogen wurde."

„Tu doch nicht so. Du hast mir doch erzählt, dass du gar nicht mehr richtig zum Einsatz gekommen bist. Auf wen solltest du da schon schießen?"

„Darauf kommt es nicht an. Auf die innere Einstellung kommt es an... und da bin ich, ob es euch nun passt oder nicht... gegen jede Gewalt. Das Recht auf Leben... für jeden. Das ist nicht bloß so eine Phrase, wenigstens nicht für mich, und da lass ich mir doch nicht einfach sagen..." Er steht auf, tritt unruhig von einem Bein auf das andere, tut ein paar Schritte. „...da brauche ich mich vor Kuno schon gar nicht verstecken. Da könnt ihr mir doch nicht vorwerfen... *Ich* musste mich nach dem Krieg nicht nach Südamerika absetzen... Entschuldigt mich mal für einen Moment." Er geht eilig hinaus.

Kuno sieht ihm nach wie etwas sehr Fremdartigem.

Gertrud berührt ihn am Ärmel. „Nimm's dir nicht zu Herzen, Kuno."

„Er ist noch ganz wie früher."

„Er hat Komplexe, das ist es."

„Hat sich überhaupt nicht verändert. Noch ganz derselbe."

„Entschuldige, Kuno. Es war mir richtig peinlich. Er kann es nun mal nicht lassen, diese Großtuerei. Dabei hätte er eben fast in die Hosen gemacht." Sie lacht. „Jetzt sitzt er wieder eine halbe Stunde auf der Toilette." Sie beugt sich zu Kuno hinüber, fasst seine Hand.

Kuno scheint in die Ferne zu schauen. „Ach Gertrud, hätte ich damals nicht weggemusst, es wäre alles anders gekommen. Ganz anders."

Gertrud lässt seine Hand los, geht zur Musiktruhe und legt eine Schallplatte auf. „Dein Lied, Kuno." Es knackt und rauscht, eine alte Aufnahme. 'Heimat, deine Sterne...' Wilhelm Strienz, Bass. Eine versunkene Welt taucht auf: Krieg, Front, Heimat, Liebe, Tod, Sehnsucht.

Kuno summt mit. „Unser Lied, Gertrud. Wir haben es auch drüben noch oft gesungen, abends... Was man dabei fühlt, Gertrud..."

Sie setzt sich zu ihm aufs Sofa. Er legt etwas umständlich den Arm um ihre Schulter. 'Heimat, deine Sterne, sie leuchten mir auch am fernen Ort...' Weißt du noch, Gertrud?"

„Was, Kuno?"

„Unser Abschied?"

„Januar 45, Kuno. Du hattest nur ganz wenig Zeit."

„Auf dem Bahnhof. Ich hatte einen Marschbefehl an die Westfront."

„Als dein Anruf kam, bin ich einfach weggelaufen aus der Fabrik."

„Wir sind ein Stück durch die Anlagen gegangen..."

„Nein, auf dem Bahnhofsvorplatz auf und ab."

„Und dann zur Bahnhofswache.!

„Kuno, bitte!"

„Die hatten einen Lagerraum." Er drückt sie an sich.

„Es roch nach Grüner Seife."

„Einmal rüttelte jemand an der Tür."

„Ich muss immer dran denken, Kuno, wenn ich Grüne Seife rieche."

„Hast du es jemals bereut, Gertrud?"

„Aber es gibt sie gar nicht mehr. Schon seit Jahren nicht."

„Alles hätte anders kommen können, Gertrud."

„Schöner, Kuno."

„Du und ich, Gertrud, wir beide... Die deutschen Mädchen... darüber geht nichts, nichts in der Welt. Ich war drüben lange Zeit mit einer Kreolin zusammen. Aber, ehrlich, ich hab immer an dich gedacht, wenn ich, wenn wir...“

„Wenn ihr...?“

„Wenn es nach Grüner Seife roch.“

„Mit einer Kreolin, sagst du?“

„Na ja, ich konnte doch nicht als Mönch leben.“

„Aber eine Kreolin... das passt doch nicht zu dir, ich meine, bei deiner Einstellung.“

„Ein Mädchen aus spanischem Blut. Oder dachtest du etwa...“

Sie schmiegt sich an ihn. „Ach, Kuno, entschuldige. Ich dachte... nein, ich sag's lieber nicht.“

Er schiebt sie sanft, aber nachdrücklich von sich weg, sieht mit leichter Besorgnis zur Tür. „Du dachtest, eine Farbige. Das kam allerdings für mich nicht in Frage. Rasse, Gertrud, was das heißt, das begreifst du erst, wenn du täglich Farbige vor Augen hast. Wir lagen damals schon richtig. Da kann Friedmar sagen, was er will. Wo bleibt er denn so lange?“

„Ich hab's doch gesagt, das dauert bei ihm endlos.“

Sie schweigen und lauschen dem Liedtext. 'Tausend Sterne stehen in weiter Runde, von der Liebsten freundlich mir zugesandt.'

Dann Gertrud: „Wir haben dich doch zuerst für tot gehalten, Kuno. Für vermisst oder gefallen. Und Friedmar... er war für mich vor allem dein Bruder. Ich dachte, der ist tüchtig, der ist wie Kuno. Und dabei hatte euer Vater nur ein Wehrmachtslager ausgeräumt. Bei der Kapitulation. Mit Motoren und Ersatzteilen. Aber er hat nichts darauf aufgebaut, und Friedmar auch nicht. Als alles verkauft war, da war es mit Friedmars Glanzzeit vorbei.“

„Er war immer zu zaghaft. Schon als Junge.“

„Ich dachte: Friedmar... da bekommst du was Solides, nicht gerade einen Supermann, aber Sicherheit, Geborgenheit...“

„Mut zum Risiko, das fehlte ihm. Ich habe immer hoch gespielt.“

„Und gewonnen.“

„Gewonnen und verloren. Aber gewonnen, wenn's drauf ankam.“

„Das hab ich immer an dir gemocht, Kuno. Du hast dich nicht verändert in all den Jahren. Damals in deiner Uniform, mit den Reitstiefeln und der Pistole am Koppel…"

„Und den tausend Jahren vor uns! Eine Jugend war das, Herrgott! Ideale, Mut, Kraft… Was ist daraus geworden."

„Du hast deine Zukunft gehabt, Kuno. Aber mein Leben mit Friedmar… Und dann spielt er sich dir gegenüber noch auf. Ganz krank macht mich das. E r hat sich im Leben nicht durchgesetzt mit seiner Einstellung."

„Einer von den Hasen ist er, die der Fuchs jagt. Aber was wäre der Fuchs ohne die Hasen."

„Sag's lieber ganz deutlich: Ein Hasenfuß ist er. Und spielt sich hier als Idealist auf. Hat im Krieg nie einen Schuss abgegeben und bildet sich noch was drauf ein."

„Ich hätte mich nicht aufregen sollen. Aber in dem Punkt bin ich empfindlich. Ich habe im Krieg meine Pflicht getan und nichts sonst. Krieg ist Krieg. Der Urwald, Gertrud. Vogel friss oder stirb. Das sind Dinge, die versteht Friedmar nie."

„Ich wette, wenn er nichts riskieren muss, wenn es ihn nichts kostet, dann ist er gar nicht so harmlos."

„Schwamm drüber, Gertrud. In dem Punkt allerdings bin ich empfindlich. Und ich bin nicht in die Heimat zurückgekehrt, um mir das hier…"

„Hast du doch auch gar nicht nötig, Kuno. Und dem Friedmar zeigen wir es noch!"

„Die alte Gertrud! Immer noch Haare auf den Zähnen."

„Ach, Kuno, die vielen Jahre…"

„Ein halbes Leben."

„Die vielen Jahre. Aber wenn wir hier beieinander sitzen, dann waren es nur ebenso viele Tage." Sie schmiegt sich an ihn, er legt den Arm um sie, sie treffen wohl gar Anstalten, sich zu küssen. Schmierentheater. Man hört die Toilettenspülung.

Gertrud macht sich los. „Es ist sehr hellhörig in der Wohnung, Kuno. Die Toilette ist nachträglich eingebaut. Wie muss es dir nur vorkommen."

„Gertrud, ich bin wieder in der Heimat. Das gehört alles dazu, auch die alten Klosetts, die mit den Eimern und die mit einem Herzen in der Tür... und die über der Jauchegrube. So ein Häuschen mit einem Herz in der Tür... du, Gertrud, ich glaube, das gibt es nur in Deutschland." Er wischt sich über die Augen.

Friedmar tritt ein, zieht seine Wollweste zurecht, kontrolliert unauffällig seinen Hosenschlitz. „Was gibt es nur in Deutschland?"

„Scheißhäuser mit einem Herzen in der Tür!" Kuno schlägt sich auf die Schenkel, lacht, will seine Rührung verbergen. „Was, Gertrud! Du kannst mal ein kräftiges Wort vertragen. Das gehört alles irgendwie dazu. Prost denn! Auf das deutsche Scheißhaus mit dem deutschen Herzen! Wir wollen uns doch nichts vormachen, das gehört alles irgendwie dazu. Ihr könnt mir glauben, ich bin richtig froh, wieder in der Heimat zu sein."

Gertrud stößt mit ihm an. „Nun ist er aber kalt geworden, unser Glühwein."

„Macht nichts, unsere Herzen sind warm. Heimat, Deutschland, ach, ihr wisst ja gar nicht, wie gut das tut. Das weiß niemand, der nicht mal draußen war. Ihr habt ja keine Ahnung."

„Doch, Kuno, ich kann dich verstehen."

„Keine Ahnung habt ihr. Heimweh! Und wenn es nur nach einem guten, alten deutschen Scheißhaus ist." Sein Lachen klingt feucht.

Gertrud nimmt die Terrine vom Tisch. „In der Küche habe ich noch welchen warmgestellt. Wo du ihn doch so gern mal wieder trinken wolltest, Kuno, soll er wenigstens heiß sein." Sie verliert ein wenig das Gleichgewicht. Kuno fasst mit beiden Händen an ihre Hüften. Sie hält sich mit Hilfe der Terrine im Gleichgewicht. „Ich hab schon einen kleinen Schwips, Kuno. Lass mich los, du! Nimm mir lieber die Terrine ab!"

Er springt auf, schlägt die Hacken zusammen, macht eine zackige Verbeugung, nimmt ihr die Terrine ab, tut, als ob er stolperte. Sie schreit auf.

Auf dem Buffet steht das Glas Glühwein, das Frau Kliem nicht nehmen wollte. Gertrud gießt den Inhalt in die Terrine zurück. „Auf dass nichts umkomme."

Kuno hebt die Terrine hoch. „Auf dass w i r nicht umkommen!"

Beide ab in die Küche.

Friedmar seufzt auf, hockt sich allein an den Tisch, trinkt mit saurer Miene sein Glas leer. In der Küche zerschellt ein schweres Stück Porzellan. Gertrud kreischt auf. Friedmar hält sein leeres Glas in der Hand. Denkt er über etwas nach, oder sitzt er nur so da?

Kuno kommt breit und beschwingt aus der Küche zurück, schlägt Friedmar auf die Schulter, zieht die Jacke aus, hängt sie über eine Stuhllehne, setzt sich zu ihm. „Alles vergessen von vorhin, Friedmar. Damit wollen wir uns doch nicht den Abend verderben."

„Was ist denn da eben in der Küche kaputtgegangen?"

„Wenn ich seinerzeit nicht weggemusst hätte, Friedmar... du hättest Gertrud nicht bekommen." Er lacht, droht mit dem Finger.

„Vorige Woche habe ich eine Kaffeetasse fallen lassen. Da hat sie sich wer weiß wie aufgeregt."

„Mensch, Friedmar, wir zerteppern noch mehr Porzellan! Was meinst du? Immer gegen die Wand damit. Ihr bekommt alles neu. Ach, ich kann dir gar nicht sagen, ein Gefühl ist das, wieder in der Heimat zu sein. Das kannst du dir gar nicht..."

„Nein, das kann ich mir gar nicht vorstellen, weil ich nie draußen war. Ich weiß. Ich bin zu Hause geblieben, allerdings. Ich habe einen normalen, ordentlichen Beruf und verdiene mein Geld durch ehrliche Arbeit. Reich bin ich dabei nicht geworden, aber ich habe mir den Luxus erlaubt, anständig zu bleiben."

„Na, na, na, wir wollen uns doch vertragen... Friedmar, alter Junge. Im Geschäftsleben wird nun mal nicht lange gefackelt. Da musst du deine Ellbogen gebrauchen. Aber glaub mir, Friedmar..." Er blickt ihm in die Augen. „...ich habe auch bezahlen müssen. Es war nicht immer leicht, mein Junge, glaub mir. Und alles aufgeben müssen, das ist keine Kleinigkeit. Kannst du dir vorstellen, was das heißt? Der Verschleiß, Friedmar... all die Jahre. Mit einem Herzinfarkt ist nicht zu spaßen. Du weißt nicht, wie das ist... das ist wie... das ist, als wenn...“

„Das muss man selbst erlebt haben.“

„Im Ernst, Friedmar, unter uns Männern, ich bin gesundheitlich schlimm dran.“

„Du schaffst das schon, Kuno!“

Kuno rückt näher. „Im Ernst. Ich hab mir nie was vorgemacht. Drüben alles aufgegeben, zurück in die Heimat, damit hat sich ein Kreis geschlossen. Und ihr seid doch die einzigen, die ich hier noch habe, du und Gertrud. Du weißt, wie ich mal zu Gertrud gestanden habe, Friedmar, wir wollen uns doch nichts vormachen...“

„Nee, wozu auch! Meinst du, dass ich eifersüchtig bin? Nee, Mensch...“, er gluckst in sich hinein, „Macht doch... von mir aus...“

„Zu Hause, Heimat, Gertrud, das gehört für mich alles zusammen. Ich war nie verheiratet, Friedmar...“

„Da haste nicht viel versäumt.“

„Ich habe keine Erben, Friedmar. Keine außer dir - außer euch.“

Friedmar zündet sich einen Zigarillo an. „Kuno, also daran zu denken, ich weiß nicht. Außerdem, du stirbst nicht, du doch nicht. Darüber sprechen wir am besten gar nicht. Ich bin zufrieden mit dem, was ich habe.“

„Friedmar, nun hör mal her! Ich habe niemand außer euch. Ich muss ständig auf das Schlimmste gefasst sein. Ein Testament habe ich nicht gemacht, und das bedeutet: Du bist mein gesetzlicher Erbe, wenn mir was zustößt.“

„Nun lass das doch! Unkraut vergeht nicht. Du fängst bestimmt noch wieder irgendwas an. Mit deinem Kapital als Grundlage, da wüsste ich...“

„Ich werde gar nichts mehr anfangen. Meinst du, ich habe aus Spaß drüben alles verkauft?“ Er wischt sich Stirn und Hals mit dem Taschentuch. „Aufgebaut und aufgegeben. Schluss, Punkt, aus! Schon der nächste Anfall kann mich fertig machen.“

Gertrud kommt mit der vollen Terrine zurück. „Wer spricht hier von Fertigmachen?“

„Kuno meinte, eh...“

Kuno winkt ab. „Es war heute etwas zuviel für mich, Gertrud. Das Wiedersehen, die Erinnerungen... unser deutsches Gemüt..." Er schnappt nach Luft. „Man kommt davon nicht los. Das ist nicht bloß so eine Redensart. Das hat sich über all die Jahre drüben... es ist was dran... es ist..."

Gertrud will ihm heißen Glühwein nachfüllen.

Er wehrt ab, reißt sich den Hemdkragen auf. „Wir haben alle schon ein bisschen viel gehabt. Ich fühle mich... beengt. Immer dasselbe... ich merkte es vorhin schon."

Friedmar schaut ihn interessiert aber ohne viel Hoffnung an, saugt an seinem Zigarillo. Gertrud scheint beunruhigt. „Dann legst du dich jetzt aber auf jeden Fall einen Augenblick hin. Im Schlafzimmer. Ganz ruhig. Oder soll ich einen Arzt benachrichtigen?"

„Wird nicht nötig sein. Immer dasselbe... Schmerzen hier in der Herzgegend... bis in den Bauch hinunter. Nein, keinen Arzt. Erst mal ein paar Tabletten. Es wird schon vorübergehen." Er legt das weiße Etui auf den Tisch, nimmt ein paar Tabletten heraus, spült sie mit einem Schluck Wein hinunter. „Wenn die Tabletten nichts nützen, eine Spritze in die Armvene. Die Spritze könnte Gertrud mir vielleicht..."

Gertrud schüttelt den Kopf. „Friedmar hat gerade einen Kursus in Erster Hilfe hinter sich. In seinem Verein."

„Nur im Notfall eine Spritze. Und nicht die Tropfen. Die sind gefährlich. Die nur, wenn es wirklich hart auf hart geht." Er will aufstehen, sackt aber zurück. Mund halb offen. Kalbsblick.

„So, Kuno, jetzt ist es aber genug. Sofort legst du dich hin. Komm, wir helfen dir." Sie zieht ihn vom Sofa hoch.

Friedmar legt seinen Zigarillo sorgfältig im Aschenbecher ab. Sie wollen Kuno in die Mitte nehmen, der wehrt ab. Gertruds Hilfe genügt.

Friedmar setzt sich achselzuckend wieder, reibt nachdenklich das Kinn, horcht zum Schlafzimmer hinüber, trinkt sein Glas leer, füllt es wieder, stellt fest, dass sein Zigarillo ausgegangen ist, zündet ihn umständlich wieder an, steht auf, lässt die Schallplatte anlaufen, die

Gertrud vorhin aufgelegt hat - 'Heimat, deine Sterne...' - nickt einige
Male gedankenschwer, setzt sich wieder.

Gertrud kommt eilig zurück, hebt den Tonarm ab. „Muss denn
das sein? Kuno braucht Ruhe. Es geht ihm wirklich nicht gut. Ob wir
nicht doch den Arzt kommen lassen?"

„Das lass ihn man selbst entscheiden. Er kennt sich ja aus."

„Aber wir sollten doch ein bisschen auf ihn achten, meinst du
nicht?"

„Der achtet schon auf sich selber. Hat sich überhaupt nicht verändert.
Großkotzig wie eh und je."

„Er ist krank, Friedmar, er kann einem doch leid tun, wenn er..."

„Aber das sind die Typen, die das große Geld machen. Frag nur
nicht, wie!"

„Das nützt ihm jetzt gar nichts. Was nützt ihm all sein Geld,
wenn er... Du...Friedmar..."

„Na, was?"

„Hat er mit dir darüber gesprochen, wer ihn... wer ihn beerbt, wenn
es mal so weit mit ihm ist?"

„Na, weißt du, gerade jetzt davon sprechen, wo er nebenan...
Du hast Nerven."

„Tu doch nicht so. Was meinst du, hat er uns was vererbt?"

„Er hat überhaupt kein Testament gemacht bisher. Weil er keine
Erben hat. Außer uns. Hat er mir gerade erzählt. Aber ich bin nie
gut mit ihm ausgekommen. Ich kann mir nicht vorstellen, dass er
mich..."

„Ich bin eben auch noch da. Du weißt doch, dass Kuno und ich, bevor
ich dich näher kennen lernte... ich glaube, er mag mich immer noch. Du..."

„Na, was?"

„Solange er kein Testament gemacht hat, bist du sein gesetzlicher
Erbe."

„Das kann er sich noch anders überlegen. Vielleicht gründet er
eine Stiftung oder so was..."

„Eben."

„Man müsste..."

„Ja?"

„Nichts."

„Erinnerst du dich an Gerlach von gegenüber?"

„Gerlach? Kenne ich nicht."

„Ach, du kennst doch Frau Gerlach. Gegenüber, 1. Stock. Ihr Mann war bei der Post."

„Und was ist mit ihm?"

„Herzinfarkt. Tot. Ganz plötzlich."

„Ach."

„Schon vor einem Jahr. Du musst dich doch erinnern. Stand kurz vor der Pensionierung. Ich hab es dir doch erzählt, Friedmar. Im Treppenhaus hat er gelegen, in der Moltkestraße. Trägt Briefe aus, denkt an nichts Böses, bekommt einen Infarkt und..." Sie lauscht zum Schlafzimmer hinüber. „...und bricht im Treppenhaus zusammen. Als sie ihn finden, ist es schon vorbei."

„Du, ich glaube, Kuno ruft."

„Lass ihn."

„Aber wenn er doch..."

„Jedenfalls hat er sein Leben gelebt."

„Da hast du allerdings recht."

„Du, Friedmar..."

„Na, was?"

„Kuno ist die Chance unseres Lebens."

„Du meinst, wenn wir ihn tatsächlich mal beerben."

„Ein Herzinfarkt kommt ganz plötzlich. Denk an den Mann von Frau Gerlach. Liegt im Treppenhaus und stirbt. Hätte man ihn rechtzeitig gefunden, er wäre noch zu retten gewesen. In solchen Fällen muss eben sofort Hilfe da sein. Sofort."

Es ist nicht mehr zu überhören, dass Kuno aus dem Schlafzimmer nach Gertrud ruft. Sie rührt sich nicht. „Die Tabletten haben anscheinend nichts genützt. Vielleicht ist es höchste Zeit für eine Spritze, Friedmar." Sie schiebt ihm das weiße Etui über den Tisch zu. Ihre Hand bleibt darauf liegen.

Kuno ruft dringender.

Gertrud steht sehr langsam auf, wirft von der Tür her noch einen langen Blick auf Friedmar.

Der bleibt reglos sitzen, starrt auf das Etui. Die Asche von seinem Zigarillo fällt ab. Auf dem Tischtuch ein Aschenhäufchen.

Gertrud ruft ins Zimmer: „Er kriegt keine Luft, Friedmar! Wir müssen sofort was tun!"

Friedmar deponiert seinen Zigarillo sehr sorgfältig auf dem Aschenbecherrand. Dann klappt er das Etui auf, nimmt die Spritze heraus, legt sie wieder zurück, greift nach der schwarzen Flasche, öffnet sie, riecht daran, rückt schließlich Kunos noch gefülltes Glas heran, lässt drei Tropfen hineinfallen, hält die Flasche noch eine Weile in der Hand, stellt sie auf den Tisch, nimmt sie gleich wieder auf, hält sie gegen das Licht und... schüttet den ganzen Inhalt in Kunos Glas. Er hält die Flasche noch einmal mit der Öffnung nach unten, bevor er den Stöpsel aufsetzt. Leer. Zweifellos. 'Wirft einen Ochsen um.'

Gertrud steht in der Tür. „Du, Friedmar, Kuno müsste sofort eine Spritze haben. Er ist schon nicht mehr ganz bei sich. Ich glaube, ohne die Spritze sieht's schlecht für ihn aus. Auf den Arzt können wir nicht warten."

Friedmar sitzt kraftlos da, tastet nach dem Etui. „Soll ich denn... soll ich..."

„Meine Güte, Friedmar, nun sei doch einmal in deinem Leben ein Mann! Sieh nach, ob noch Ampullen da sind. Wenn keine mehr da sind, wenn er sie vielleicht schon verbraucht hat, können wir eben nichts machen. Sieh also nach, ob noch welche da sind!"

„Aber wir haben doch gesehen, dass noch welche..."

Gertrud wirft den Kopf zurück und lässt Friedmar allein. Er nimmt eine Ampulle aus dem Etui, dann noch eine, dann alle, springt auf und läuft mit den Ampullen hinaus.

Gertrud lauscht ins Zimmer. Die Toilettenspülung. Sie scheint zufrieden.

Friedmar kommt mit leeren Händen zurück, kreidebleich. Gertrud sieht ihn an, sieht auf das Etui, in dem nur noch die schwarze Flasche und die Spritze liegen, eilt zurück ins Schlafzimmer.

Friedmar fingert nach seinem Zigarillo, nimmt einen Zug, schüttelt sich, zerquetscht den Zigarillo im Aschenbecher, sitzt da, sitzt einfach da.

Plötzlich steht Gertrud vor ihm, wirkt wie versteinert. „Er hätte dringend die Injektion gebraucht. Du hättest ihm die Spritze geben müssen. Nicht zu fassen, einfach nicht zu fassen. Wo er so froh war, wieder zu Haus zu sein. Und du sitzt da und lässt deinen Bruder umkommen. Rührst dich überhaupt nicht." Sie schaut auf das geöffnete Etui. „Wo sind die Ampullen? Wo hast du sie gelassen?"

Friedmar, entsetzt: „Aber du hast doch selbst... Du kannst doch jetzt nicht so tun..."

„Wo hast du die Ampullen gelassen? Friedmar! Er hätte eine Spritze haben müssen!"

„Ist er denn etwa... also, ich glaube es einfach nicht... so schnell kann er doch nicht... er kann doch nicht einfach so... wo er doch gerade noch..."

„Da kann niemand mehr helfen. Jetzt nicht mehr. Vor ein paar Minuten hättest du es noch können. Aber du hast ihn umkommen lassen. So einer bist du: 'gegen jede Gewalt', 'innere Einstellung', bildest dir was drauf ein, aber so ganz nebenbei ein kleiner Mord, das macht dir nichts aus."

„Gertrud!"

„Ja, Mord. So ein ganz leiser, gemeiner, kleiner Mord."

„Aber Gertrud, du hast doch, du hast mir doch..."

„Was hab ich? Ich hab dir gesagt, er muss eine Spritze haben, sonst nichts. Einen Mann wie Kuno auf diese Tour umbringen, das kannst du also. Und danach soll nichts gewesen sein. Kannst du nicht wenigstens dazu stehen?! Kannst du dich nicht einmal wie ein Mann hinstellen und..."

„Gertrud, das kannst du doch nicht machen! Du kannst doch jetzt nicht einfach so tun, als ob du..."

„Wo sind die Ampullen? Es waren noch welche da."

„Aber das weiß doch keiner. Gertrud! Keiner kann es beweisen.

Es kam eben alles so schnell. Wir wussten nicht, was wir machen
sollten. Es waren keine Ampullen mehr da."

„Ihn einfach elend umkommen lassen. Einen Mann wie Kuno.
Weißt du überhaupt, was für ein Mann das war? Keine Ahnung hast
du. Aber was du für einer bist, das wissen wir jetzt. Da helfen dir keine
frommen Sprüche mehr. Offen einem anderen gegenübertreten, das
schaffst du nicht, aber so auf die leise Art, ohne Risiko..."

Friedmar schlägt mit beiden Fäusten auf den Tisch. „Und du
steckst mit drin! Bilde dir nicht ein, dass du nichts damit zu tun
hast. Du hast mich... mein Gott, was hast du bloß aus mir gemacht,
was hast du aus mir gemacht." Ellbogen und Kopf sinken auf die
Tischplatte.

„Gemacht? Ich aus dir? Du hast dich gezeigt, wie du bist."

„Und es ist wirklich aus mit ihm? Wir könnten doch vielleicht
einen Arzt..."

„Ich gehe runter zum Telefonieren." Sie wirkt sehr entschlossen.

„Einen Arzt, Gertrud! Einen Arzt, du wirst doch nicht etwa..."

Er bleibt allein, schüttelt den Kopf, immer wieder. Die Arzneiflasche!
Klein, schwarz und gefährlich liegt sie im Etui. Er hält sie gegen
das Licht, als ob er sich überzeugen müsste, dass sie leer ist. Das
Glas. Das Rot des Glühweins, überhaupt nicht verfärbt. Dunkelrot
und klar - und tödlich, der Glühwein im Glas. Friedmar streckt
langsam die Hand danach aus. Wird er... er wird doch nicht! Jetzt
berühren seine Fingerspitzen das Glas, fahren zurück, als wäre
das Glas glühend heiß. Er reibt seine Fingerspitzen, sitzt da und
reibt seine Fingerspitzen.

Eine Hand legt sich auf seine Schulter. Er reagiert nicht. Die Hand
lastet schwer. Er blickt verstört auf: Kuno! Da steht Kuno. Einfach so.

Friedmars Mund öffnet sich... es kommt kein Laut heraus. Kuno
schlägt ihm deftig auf die Schulter. „Alles o.k., Friedmar!"

„Kuno... das ist ja nicht... wir glaubten schon... das heißt, Gertrud...
ich habe ja von vornherein..."

„Alles o.k., so leicht kratze ich nicht ab." Er greift nach dem Etui,
zieht die Brauen hoch. „Oh, die Ampullen, weg."

„Ich habe sie... wir haben... wir dachten, du brauchst sie nicht mehr.“

Kuno lacht gutmütig. „Kommt gar nicht darauf an. Ich habe noch so ein Etui in meinem Gepäck.“

„Na, Gott sei Dank. Weißt du, Gertrud sieht manchmal Gespenster. Sie glaubte doch im Ernst, dass du...“, er kichert nervös, „dass es aus mit dir war.“

„Und du hast es auch geglaubt?“

„Wo sie es doch sagte.“

„Und da hast du die Ampullen weggeworfen.“

„Ja, wo du doch... wo wir doch annahmen...“

„Du hast sie nicht schon ein bisschen früher weggeworfen? Friedmar, alter Junge, wie war das?“

„Aber Kuno, wie kannst du das... das kannst du doch nicht...“

Gertrud tritt ein, lächelt, scheint gar nicht überrascht.

Friedmar läuft ihr ein paar Schritte entgegen. „Gertrud, sieh dir das an! Gesund und munter. Wir können den Arzt wieder abbestellen. Gertrud hat nämlich den Arzt benachrichtigt, Kuno. Wir mussten doch annehmen...“

Gertrud und Kuno lächeln. Friedmar beginnt zu begreifen. „Was, ihr wollt doch wohl nicht sagen, dass ihr alles... Das könnt ihr doch nicht machen, aber das könnt ihr doch nicht...“

Kuno, gutmütig: „Wir haben dich ein bisschen hereingelegt. Ein kleines Spielchen.“

Sie: „Du bist selber schuld, Friedmar. Wir wollten mal sehen, ob du wirklich ein so frommes Schaf bist, wie du behauptest.“

„So zimperlich bist du gar nicht, Friedmar. Du hast bloß keine Gelegenheit gehabt.“

„Keine Gelegenheit, Friedmar, wie du sie brauchst: ohne Risiko.“

Friedmar wie ein Tier, das keinen Fluchtweg sieht: „Aber ihr...“, sein Gesicht verzerrt sich, er schreit: „Ihr! Was seid ihr denn bloß für Menschen, was für Menschen seid ihr!“

Kuno fasst ihn am Arm, drückt ihn ins Sofa, setzt sich neben ihn. „Nun hör mal zu, Junge. Du siehst, ich nehme dir überhaupt nichts übel. Ich hätte mich an deiner Stelle genau so verhalten. Wir wollten dich nur ein bisschen testen. Du hast jetzt den Beweis, dass alle deine großen Worte von vorhin..."

Gertrud ergänzt: „...eben nur große Worte waren."

Die Türklingel. Gertrud geht nachschauen, kommt gleich darauf mit Frau Kliem zurück. Die hält den Massageapparat in der Hand, Kabel und Stecker baumeln hin und her. „Entschuldigen Sie, dass ich noch einmal störe, aber ich komme nicht damit zurecht. Diese technischen Geräte, ich verstehe mich nicht so darauf. Sie nehmen es mir doch nicht übel, dass ich..."

Da Friedmar sich nicht rührt, nimmt Kuno ihr den Apparat ab. Gönnerhaft: „Na, geben Sie mal her, das Ding." Er reicht Friedmar den Apparat: „Sieh ihn dir an. Ist er nicht in Ordnung?"

Friedmar betrachtet ihn von allen Seiten, ist nur halb bei der Sache, aber es ist für ihn gut, dass Frau Kliem in diesem Augenblick gekommen ist. Es ist gut für alle. Friedmar zieht das Kabel heraus, legt es beiseite, findet den Fehler. „Die Spannung war falsch eingestellt."

Kuno übergibt Frau Kliem das Gerät mit großartiger Geste. „Ein Handgriff, und der Laden stimmt."

Gertrud weist auf die Terrine mit Glühwein. „Wollen Sie nicht doch ein Glas mit uns trinken, Frau Kliem?"

Friedmar blickt besorgt auf das Glas, das etwas mehr als nur Glühwein enthält. Er scheint erst jetzt wieder daran zu denken. Immerhin hatte er einiges durchzustehen.

Frau Kliem wehrt ab. „Nein, vielen, herzlichen Dank, Frau Zundelmann. Aber ich trinke wirklich nichts Alkoholisches, grundsätzlich nicht."

Das sind ihre Worte, sie kann sich noch genau erinnern, auch als alles vorbei ist, als sie mit den anderen im Treppenhaus wartet, ob sich die Etagentür mit dem Messingschild 'Zundelmann' an diesem Abend noch ein weiteres Mal öffnet.

„Und Sie haben wirklich nichts bemerkt?"

„Nein, sie saßen friedlich da und tranken Glühwein. Wie gut, dass ich nichts davon genommen habe, aber ich trinke eben..."

Es poltert im Schwarz des Korridors. Etwas Weißes schwankt

heran. Zwei Sanitäter mit einer Bahre. Sie streifen mit ihren Schultern das Messingschild 'Zundelmann', die Bahre schrammt am Türrahmen entlang. Unter dem weißen Laken eine Gestalt, das Gesicht bedeckt, der zweite Tote. Alles steht reglos. Die Bahre neigt sich treppab.

Frau Kliem hat sich in ihre Rolle als Hauptperson gefunden. „An so ein Unglück hätte ich niemals gedacht, als sie so friedlich am Tisch saßen. Herr Zundelmann hat mir noch den Apparat in Ordnung gebracht. Sein Bruder saß neben ihm im Sofa, den Arm um seine Schulter. Frau Zundelmann hat mich noch zur Tür gebracht. Wie gut, dass ich nichts Alkoholisches trinke."

Sie kann froh darüber sein. Gertrud hätte ihr sonst gar das volle Glas angeboten, das Friedmar jetzt ständig im Auge behält. Es steht am anderen Ende des Tisches. Er möchte aufstehen, um an das Glas heranzukommen, vielleicht will er es im Vorbeigehen umstoßen, aber das wird er Gertruds wegen - die Decke, der Teppich! - nicht wagen. Er würde es wohl mit hinausnehmen und den Inhalt wegkippen, in die Toilette, in die Spüle. Er will aufstehen, aber Kuno hält ihn fest, legt ihm schwer die Hand auf die Schulter. „Nun bleib doch sitzen, Friedmar. Kein Grund zur Unruhe. Nimm es dir nicht so zu Herzen, Junge. Keinem ist was passiert. Alles wieder klar, und darauf wollen wir einen trinken. He, Gertrud, Friedmars Glas ist leer!"

Gertrud befühlt die Terrine. „Nur noch lauwarm. Ich mache den Wein in der Küche schnell wieder heiß."

Kuno springt auf, schlägt die Hacken zusammen, macht eine zackige Verbeugung, nimmt ihr die Terrine ab, tut, als ob er stolperte. Sie schreit auf.

Friedmar sieht eine Gelegenheit, das Glas mit dem leidigen Inhalt zu erreichen, aber Gertrud kommt ihm zuvor. Er streckt die Hand aus. „Gib her, das Glas ist noch voll!"

„Das ist Kunos Glas. Außerdem ist er kalt geworden. Du brauchst was Heißes zur Aufmunterung."

„Dann gieß ihn weg! Er ist nicht mehr gut. Gieß ihn auf jeden Fall weg!"

Sie folgt Kuno, das Glas in der Hand, achtet darauf, dass nichts über den Rand schwappt. An der Tür lässt Kuno ihr den Vortritt, die Terrine vor dem Bauch. Im Vorbeigehen gießt sie den Inhalt des Glases in die Terrine zurück. „Dein Glas, Kuno. Auf dass nichts umkomme!"

Kuno hebt die Terrine hoch. „Auf dass w i r nicht umkommen!"

Friedmar blickt auf Kunos breiten Rücken. Der hat alles verdeckt. Friedmar trifft Anstalten, den beiden nachzugehen, will sich wohl doch selber überzeugen, dass der Inhalt des Glases kein Unheil anrichtet. Aber Kuno steht schon wieder breit und fett in der Tür, führt Friedmar mit sanfter Gewalt zum Sofa zurück und lässt sich schwer neben ihm nieder. „Nun wollen wir mal vernünftig miteinander reden, Friedmar. Von Mann zu Mann. Nimm das Ganze als Probe. Du hast die Probe bestanden."

„Na, ich weiß nicht..."

„Doch, du hast sie bestanden. Das ist das Gesetz, nach dem ich gelebt habe: Nutze deine Chance. Das Geschäft, Friedmar, die freie Wirtschaft, das ist die freie Wildbahn. Jeder frisst jeden. Begreif das endlich."

„Wenn ich an meinen Chef denke, der spricht da aber..."

„Denk nicht an deinen Chef, Friedmar! Was über mir ist, das ist gegen mich. Ich bring es dir schon noch bei. Nach außen, da muss man sich manchmal unterordnen, im Innern nie. Und ich sage dir: Es war richtig, was du getan hast. Du hast die Probe bestanden."

„Aber ob Gertrud es auch so sieht?"

Gertrud kommt gerade mit der dampfenden Terrine zurück. „Hoffentlich hat er sein Aroma nicht verloren, unser Wein. Es wird gerade reichen: für jeden noch ein Glas."

Sie sitzen um den Tisch herum, erschöpft und mit dem Gefühl, etwas glücklich überstanden zu haben.

Friedmar gehört wieder dazu. „Kuno nimmt es mir nicht übel, Gertrud. Er hätte genau so gehandelt, sagt er."

„Sagt er."

„Aber zu dir passt es auch."

„Was?"

„Dass du dafür warst, dass du mich praktisch dazu..."

Kuno hebt beschwichtigend beide Hände. „Friedmar, sei kein Spielverderber. Ich nehme dir nichts übel, du nimmst uns nichts übel. Ein Foul, das nicht gepfiffen wird, zählt nicht. Clever muss man sein. Ich bring es dir schon noch bei."

„Ja, genau betrachtet, im Verein, beim Fußball, da reden sie auch immer von Fairness, aber in Wirklichkeit, wenn's drauf ankommt..."

„Na also! Du fängst an zu begreifen. Und darauf trinken wir jetzt einen!"

Kuno hebt das Glas. Die anderen wollen folgen, aber sie bekommen noch eine Frist.

Die Türklingel schrillt. Frau Kliems dritter Auftritt. „Diesmal ist es mir aber wirklich peinlich. Es ist nur wegen der Schnur. Ich habe sie versehentlich bei Ihnen liegen lassen. Ja, sehen Sie, dort hängt sie, über der Sessellehne. Vielen Dank. Und jetzt störe ich Sie bestimmt nicht mehr. Es war wirklich das letzte Mal. Und bitte, machen Sie sich keine Mühe, ich finde den Ausgang allein. Nein, ich bitte Sie, lassen Sie sich nicht stören."

Die drei sitzen einträchtig um den Tisch, heben ihre Gläser und prosten sich zu.

'Wohl bekomm's!' will Frau Kliem noch gesagt haben. „Wohl bekomm's! habe ich noch gesagt. Und nun stellen Sie sich mal vor, was dann geschehen ist..."

Alle Köpfe fahren herum. Es poltert im Schwarz des Korridors. Etwas Weißes schwankt heran. Die Sanitäter mit der dritten Bahre. Sie streifen mit ihren Schultern das Messingschild 'Zundelmann', die Bahre schrammt am Türrahmen entlang. Unter dem weißen Laken eine Gestalt, das Gesicht bedeckt, der dritte Tote. Alles steht reglos. Die Bahre neigt sich treppab.